莫忘

私 溫和乖巧，能體諒他人，是個外柔內剛的好女孩。

技 透過「做好事」積攢魔力值，以增加自己的速度、體質以及力量，並可藉此召喚新的守護者；可是若做了壞事就會被扣魔力值，導致體力下降。

艾斯特

表 莫忘的表哥。

裏 來自魔界的魔王陛下第一守護者。

私 總是一臉正經嚴肅，實則是個重度魔王控，在魔王面前會展露出愚蠢、輕微抖M和易失落的傾向。

技 武力派。

格瑞斯

表 莫忘的表哥二號。

裏 來自魔界的魔王陛下守護者。

私 起來極其優雅，其實是個天然呆，偶爾會做出讓人啼笑皆非的事情。常與艾斯特拌嘴卻又互相信任。

技 擅長各種魔咒。

賽恩

表 莫忘班上的轉學生。

裏 來自魔界的魔王陛下守護者。

私 開朗無比，天然呆與天然黑的集合體。懂得尊重前輩。他全心全意信賴著魔王，並且想一直守護著她。

技 巨力武鬥派。

石詠哲

表 男高中生，莫忘的青梅竹馬。

裏 勇者大人。

私 輕微驕傲，與他人相處還算隨和，但和莫忘在一起時卻相當的傲嬌。

技 被勇者之魂附體的情況下會使用出劍術，卻每次都被魔王「空手接白刃」；可透過「做壞事」積攢魔力值，召喚聖獸來為自己作戰。

布拉德

表 石詠哲養的白貓。

裏 勇者大人的召喚獸。

私 因吞下聖獸之魂而變得會說話。性格傲嬌，貪吃好色無節操，格外嫌棄勇者，巴不得跳槽到艾斯特身邊。

技 裝萌討小魚乾吃，抱著艾斯特的褲腿猛蹭求摸摸。

薩卡

表 石詠哲養的白狗。

裏 勇者大人的第二隻召喚獸。

私 自帶死魚眼的捲毛大狗。嗜睡、酷愛甜食，常吐槽自家勇者，還容易被甜食吸引而被人牽著鼻子走。

技 「轉換」，對有生命的物體進行靈魂轉換。

尼茲

表 一隻有小型兔尺寸的白鼠。

裏 勇者大人的第三隻召喚獸。

私 戴著單邊眼鏡、一派優雅儒士的打扮。說話淡定不激動，但講出來的話卻容易讓人激動暴走。

技 因其聰明才智，被稱作「移動圖書館」。

拯救世界吧！少女魔王！04

魔王陛下就是要去約會！

魔界少爺．格瑞斯
少女魔王．莫忘

穆子瑜

表 莫忘仰慕的學長。

裏 普通人類。

私 看起來很溫和，其實內心很腹黑陰鬱，性格表裡不一。有嚴重的幽閉恐懼症、黑暗恐懼症。

技 不自覺的以溫柔的笑臉征服女性同胞。

陸明睿

表 莫忘的學長，穆子瑜的好友（損友？）

裏 陸家繼承人。

私 留著小辮子兼染髮的吊兒郎當痞子男，總是用開玩笑的口吻逗弄莫忘，相當的腹黑和惡趣味。

技 跟蹤、偷窺。

蘇圖圖

表 莫忘的姐妹淘兼最佳損友。

裏 富二代。

私 個性天真爽朗、活潑可愛，無論發生什麼事都相信著莫忘、支持莫忘，偶爾還會神助攻。

技 服裝設計。

林朝鈞

表 蘇圖圖的表哥，二十歲左右的年輕人。

裏 一個罕見的、擁有魔力的人類。

私 個性溫和有禮，十分體貼，同時又有些敏感。預言才能雖然強大，卻因為不懂得控制而一直在透支生命力。

技 擁有即使在魔界也很罕見的預言術。

CONTENTS

第一章

魔王就是要寫感謝信

繼混亂的萬聖節狂歡夜後，萬眾期待的校園籃球賽也正式宣告結束。

而這個週日，也是所有一班學生期盼的日子。

原因無他——決賽之前，班上學生約定如果獲得勝利就舉行烤肉大會。同樣是盛會，相較於前者的籃球賽，無數人對後者要更感興趣呢。

可惜，到了週日的時候，天空居然下起了傾盆大雨，在這樣的情況下，少年少女們當然不可能出門，於是約定好的「烤肉大會」唯有被暫時擱置了，畢竟烤肉什麼的只有在陽光普照的室外才有氣氛。

接到這封通知簡訊時，莫忘正縮在被窩中，糾結「到底要不要起床」。

眾所周知，雨天是最適合睡覺的天氣，沒有之一。而莫忘本身也還處於貪睡的年紀，產生這樣的掙扎實在是非常正常。所以一接到簡訊，她整個人都開心了起來，非常歡樂的丟開手機，直接睡到了中午。

準備好午餐的青年走入房間時，看到的就是這樣一幕——印滿了雲朵圖案的小床上，完全找不到女孩的身形，所能看到的唯有擺放在正中央的「一個圓形小球」。

艾斯特微微嘆了口氣，走到床邊輕聲說：「陛下，這樣睡覺會呼吸不暢的。」

「……」

「陛下？」

「……」

「陛下……」

「唔……」一縷頭髮鑽出被窩，接著又沒了反應。

艾斯特：「……」再次嘆了口氣，伸出手輕輕的扯下被子，「陛下，該起床了。」

「……再、再睡會。」扯被子，扯不動……QAQ

女孩往下面鑽去……

「陛下，您早餐已經沒吃了。」原則問題上，在沒有得到女孩明確的命令前，艾斯特一般不會輕易的妥協，「午餐請務必吃一些。」

「我不餓……」

「陛下，您……」話音戛然而止。

雖然意識還有些模糊，但片刻後，莫忘還是察覺到了一絲不對勁——艾斯特怎麼不接著嘮叨了？不對啊，這不是他風格啊！

被這樣的好奇心驅使著，莫忘在被窩中翻過身，緩緩的拉下被子，朝外面看去。

這一看之下，睡意瞬間被嚇得飛走了！

原因無他，艾斯特不知何時居然倒在地上，身體微微蜷縮，雙手按壓著心口處，額頭上掛滿了大顆大顆的汗珠。

「……艾斯特？」莫忘連忙掀開被子下床，但因為動作過快，使得她幾乎是摔下去的，不過現在顯然不是理會這些的時候，她直接將那輕微的疼痛拋之腦後，急問道：「艾斯特，你沒事吧？！」

問話間，她下意識握住了艾斯特的雙手。

——好冷！

大概是因為魔力的緣故，艾斯特的體溫一直低於常人，但即便如此，現在也太……

正當莫忘焦急萬分之際，躺倒在地上的艾斯特突然笑了。

如同冰山回暖，這是一個非常罕見而美麗的笑容。

因為性格的關係，艾斯特的笑容可以說是稀罕物，即使相處了這麼久，莫忘也不過看到區區數回，卻沒想到在這種情況下……

話說這到底有什麼好笑的地方啊？

笑點在哪裡？

莫忘張目結舌間，艾斯特突然坐起身來，聲調柔和的對她說：「陛下，嚇到您了嗎？」

「……哈？」

「不過，不這樣做的話，您似乎不會輕易起床呢。」

「……啊？」

「陛下，午飯快要準備好了。」

莫忘驚呆了：「哦……咦？？？？？」這傢伙是在騙她起床嗎？

等等，哪裡不對吧？

這種行為如果是格瑞斯或者賽恩做的，那真是毫無違和感，但問題是，這傢伙是艾斯特啊！怎麼想他都不會做出這種突破下限的事情好嗎？難道說……

莫忘猛地伸出手，抓住青年的臉來回揉搓著，「是本人沒錯啊……難道說薩卡又發動了轉換魔法？你到底是誰？格瑞斯還是賽恩？說！」

「……陛下……」艾斯特的頭上冒出幾條黑線，「我的確是本人。」他微嘆了口氣，「陛下，您不是一直說我缺乏幽默感嗎？所以才想和您開個玩笑。但看來失敗了呢。」

「……」

「惹您生氣了嗎？」有著雪櫞髮絲的青年就著坐姿改成單膝跪下，捧著女孩柔軟溫暖的小手貼在額頭，「我懇求您的原諒。」

莫忘搖了搖頭，「不……不，沒事。我沒生氣。」

「陛下……」

「真的啦！我我我去洗漱！」

說完，莫忘飛奔進了洗手間，捧起冷水猛拍臉，而後對著鏡子中的自己久久無語。

——做、做夢？

——惡夢？

好吧，或許是因為剛起床腦袋遲鈍的緣故，她直到現在都沒弄清楚這到底是什麼情況。

——艾斯特在開玩笑？

——別開玩笑了好嗎？！

而莫忘所不知道的是，依舊跪在原地的艾斯特那雙冰藍色的眼眸中一直倒映著她的背影，直到再也看不見，他才微皺起眉頭，單手撫住心口，渾身脫力般的靠床坐下，深吸了一口氣，又緩緩呼出。

其實不僅是額頭，他的身上已滿是痛出的冷汗。

他當然知道女孩沒有相信自己的話，但是可以反應的時間太過短暫，除了那種拙劣的謊言，他找不出其他藉口。

「陛下……」

「請原諒我……」

明知道對她撒謊是絕對不可原諒的事情，但是……

不過沒關係，他很快就會得到懲罰。

他親手犯下的罪，當然應該由他自身來承擔。

等莫忘梳洗完畢回到臥室時，艾斯特早已離開，而飯菜的香味也已透著門傳了進來，勾引得肚子中的饞蟲左右翻滾。她愣了下後，還是拉開門走了出去，也沒換掉身上的睡衣，在家時她比較習慣這樣穿。

某種意義上說，這也代表著現在的她真的完全沒把那三人當作外人。

「陛下，早。」

「早啊，格瑞斯。」莫忘微笑著看向不遠處的青年，今天他把紫色的髮絲梳成了馬尾，看起來很是清爽帥氣。

「小小姐陛下，午安。」站在前輩身邊的少年同樣打起了招呼。

莫忘：「……」這是在提醒她一覺睡到了中午的現實嗎？別鬧，太殘忍了……

「笨蛋！」格瑞斯一巴掌拍到旁邊賽恩的頭上，「陛下說現在是早上，就是早上！」

「我明白了。」賽恩非常誠懇的接受意見，再次對莫忘說：「小小姐陛下，早上好！」

「……」這就是傳說中的補刀嗎？果然呆貨切開都是黑的……兩個都是一樣！「對了，艾斯特呢？」她左右張望了一下。

「我在這裡。」恰好從廚房走出的艾斯特將最後一碗湯擺放好後，手伸到身後解下與他本人風格相當不符的可愛圍裙，「陛下，可以用餐了。」

「嗯，好。」莫忘說著走向餐桌，才走了幾步，發現跟上的只有賽恩，她有些疑惑的轉身問道：「格瑞斯，你不吃嗎？」

「陛下，您請先用，我突然有了靈感！」格瑞斯不知從哪裡摸出了一枝鉛筆和一塊白色的畫板，刷刷刷畫得正起勁。

莫忘黑線，「……你加油。」

沒錯，自從萬聖夜後，格瑞斯就突然愛上了所謂的「服裝設計」，大概是受了蘇圖圖的啟發？總之，他現在挺沉迷這玩意，幾乎每時每刻都靈感迸發，據說他的最終目的是「讓陛下每天都穿著我格瑞斯所精心設計製作的衣物」……咳咳咳，至於何時能達到目標，就誰也不知道了。

「哇，好香。」莫忘驚喜道。

「哇，好豐盛。」賽恩同樣表達了對食物的滿意。

「……」莫忘與賽恩對視了一眼，而後同時笑了起來。

「陛下。」艾斯特盛了一小碗魚湯，遞到莫忘的面前，「您早晨沒有吃飯，用餐前先喝些湯吧。」

湯色乳白，鮮而不腥，除了鹽外，幾乎沒有加其他調料，保留了原食材的味道與營養，很適合秋季進補。

「嗯。」

「我也要！」賽恩高舉起碗。

那邊的格瑞斯也抽空喊了聲：「也留一碗給我！」

莫忘微笑著轉過頭回喊：「只幫你留十分鐘哦。」

「哎？」

賽恩舉手，「那樣的話，格瑞斯前輩的那一份就給我吧。」

「賽恩！！！」

「格瑞斯，你現在只有九分鐘了。」艾斯特冷靜的提醒。

格瑞斯甩掉畫筆大怒，「……艾斯特！我要和你決鬥！」
莫忘噴笑出聲：「噗……啊，抱歉……」
莫忘彎著眼睛，捧著碗小口小口的喝著湯。
最近經常有一種突如其來的愉悅感擊中她，然後讓她情不自禁的就想笑出聲來，這樣的感覺她很清楚是什麼，因為在過去的日子裡也曾無數次體會到。果然，比起孤零零一個人，現在這樣真的要好太多太多太多。
——而這份幸福感……
午餐後，格瑞斯重新回去畫圖，而賽恩則自告奮勇去洗碗，暫且空閒下來的莫忘靜靜注視著擦著桌子的高大青年。
——是他帶來的。
「……陛下？」艾斯特敏銳的察覺到了莫忘的目光，側過頭，冰藍色的眼眸中滿是疑惑的色彩。
「不，沒什麼。」莫忘搖了搖頭，但緊接著她又想到了什麼，「我說，艾斯特……」
「？」
「你是不是……有什麼事瞞著我？」莫忘猶豫著問了出來，沒有別的原因，就是一種抓不住的直覺。如果非要尋找一個原因，那大概是她真的覺得起床時發生的事情很奇怪。

「陛下……」艾斯特怔住，目光中閃過一絲驚訝，還有著更多的遲疑、掙扎與痛苦。

如果是這位大人詢問，他當然不可以撒謊，但同時他也很清楚，說出實話所帶來的後果必然……該如何是好？到底該如何選擇才算是「真正的保護她」呢？他……不知道……

「不，沒事了。」莫忘這時猛地擺手，「你不想說，可以不說的。」即使有些遲鈍，她也能清楚感覺到對方的情緒。

「並非……」

「都說了沒關係的。」莫忘伸出手，緊握住桌面上的大手，抬起頭直視著對方的眼眸，認真的說：「我不想讓你說自己不想說的事、做自己不想做的事，折磨你並不會讓我覺得更快樂。」她不想逼迫他。

「……感謝您的寬容。」艾斯特的眼神柔軟無比，充滿了感激。

「但同時，艾斯特——」莫忘無意識的縮緊手，彷彿這樣做可以將那些無法用言語說出的、來自於內心深處的全部想法傳達給對方，「我希望你好好的。」

「……是剛才的玩笑嚇到您了嗎？請您責……」

「不是那樣！」莫忘微微提高嗓音，又放緩語音說道：「不是那樣的，我並不是為了責怪你才說出這樣的話。」她抿了抿唇，「只是……一直以來都是你在保護我，我當然知道你的本意不是想得到回報，但是……我是說但是！如果有什麼事是我可以為你做的，請不要客氣，直接的說出來。」

「……」

「只要是我能做到的，一定會為你做到。」

女孩的表情是那樣堅定，以至於向來鎮定的青年也不禁微微動容。

「這不是報恩或者交換，只是……」莫忘的話音頓住，彷彿不知道該如何說出心中的想法，直到花費了一些時間組織好言語後，才繼續說：「你對我來說真的很重要。」

——你的出現改變了我的一切。

「我很喜歡現在的生活。」

——也希望它能一直持續下去。

「如果說我有什麼心願的話……」

——即便那只是自私的、任性的、一廂情願的……

「我希望我們大家都能好好的。」

眼前的艾斯特也好，格瑞斯也好，賽恩也好，阿哲也好，石叔也好，張姨也好，圖圖也好，小樓也好，還有……認識的或者不認識的都無所謂，一個人如果過於幸福，往往會想把這份幸福分給他人，現在的她或許就是這樣？或許藉助艾斯特的力量可以得到更多，但是對她來說，沒有什麼比如今的生活要更加美好。

說起來，她或許是有史以來最沒出息的魔王陛下也說不定，不過……

像現在這樣，就很好很好了。

「陛下……」艾斯特近乎僭越的反手握住女孩的手，心中那份幾乎滿溢而出的感動洪流是那樣凶猛，以至於短時間內甚至淹沒了他的理智。在反應過來前，他已經捧著她的手放至脣邊，輕輕啄吻著她細嫩溫暖的白皙手指與泛著淡淡粉色的小巧指甲。

「艾、艾斯特？」莫忘顯然有些被他的舉動嚇到，有些結巴的說道。

「……」艾斯特連忙鬆開她的手，單膝跪下身，「我……」卻又不知道該說些什麼，原諒他的失禮嘛？不，那種事情怎麼可以原諒！真是罪該萬死，居然對陛下做出了那種近乎於褻瀆的舉動，這種事情……這種事情……

青年難得的失言了。

女孩卻突然笑了。

艾斯特：「……」

莫忘看著這樣的艾斯特，他的眼眸中此刻布滿了茫然無措的神色，看起來簡直像個不知道自己犯了什麼錯的孩子。

這讓她更加想笑了。

好不容易抑制住笑意後，她伸出手戳了戳艾斯特的臉頰，「艾斯特，你臉紅了。」

「……啊？」短促的一聲回應後，艾斯特意識到了什麼，如同冰雪雕刻而成的臉孔上瞬間泛起了更多的紅暈。

「別害羞啦！」莫忘聯想到魔界居民的「無知」，非常體貼的點了點頭，「我知道你只是感動過頭而已，理解，嗯，理解萬歲。」

「……」

「放心，我不會告訴其他人的……噗！」莫忘再次捂住嘴，「我先走了，你可以一個人慢慢調整臉色。」

說完，她就歡樂的跑走了。

被留在原地的艾斯特單手撫上自己的臉孔，掌心可以清楚的感覺到臉孔上那份不正常的炙熱溫度，心臟跳動的頻率似乎也變得非常奇怪。他不由得想起魔界的一句諺語——想要接近火光，就要做好被灼傷的準備。

只是，她不是火光，而是太陽。

比任何事物都要明亮，都要溫暖，都要……值得傾盡生命保護。

但同時……

他敏銳察覺到了自己的這份守護中，已經摻雜上了絕不該有的私欲。

再這樣下去，他會……而且，現在的情況也……

他心中暗自下了一個決定。

★◎★◎★◎★◎

假期的時間總是過得很快。

哪怕再不願意，週一的早晨還是再次來臨了，這對於剛睡過懶覺的學生們來說，無疑是異常痛苦的。

於是——

「啊嗚……」少年打了個哈欠。

「啊嗚……」少女也打了個哈欠。

兩人對視。

「啊嗚……」X2

莫忘手肘撐在車窗的邊沿，單手托腮，問道：「我說，你昨晚做賊去了嗎？」

「妳有資格說我嗎？」石詠哲沒好氣的看了她一眼，頭部微側，靠在了兩人座位間的空隙處。

「我和你才不一樣。」她瞪回去，「我是因為做夢。」

「做夢？」

「嗯。」莫忘點頭，「一個奇怪的夢。」

石詠哲好奇的問：「奇怪？」

「嗯。」莫忘再次點頭，「具體情況記不太清楚，但好像有人一直在叫我的名字……吵了我一整晚，到現在都頭疼……」

「……妳鬼片看多了吧？」

「誰會看那種無聊的東西啊！」自己嚇自己有意思嗎！不過，「說起來，今天學校的活動會是什麼啊？」

「誰知道呢……」石詠哲對於校長大人的腦洞向來是不抱樂觀態度的，「嘖……希望別太麻煩。」

「是啊。」在這一點上，女孩與自家小竹馬站在同一條線上。

事實證明，不管是他們，還是他們的小夥伴們，都太天真了。

不久之後，全體學生在廣播的號召下在操場集合。

不得不說，校長大人的運氣真是好，昨天還下雨，今天卻是個晴朗的好天氣，所以這時的學校操場也已經乾得差不多了。

而且對於大部分學生來說，寧願站在外面也不願意在教室裡乖乖坐著，所以校長大人走上高高的講話臺時，掌聲非常響亮。

「各位教師們、同學們，我知道你們中百分之九十的人都在想——這個老頭又出了什麼餿主意？」

「……」

不得不說，頭髮花白的校長大人還真是「語不驚人死不休」。

片刻的沉默後，學生們爆發出了一陣大笑，某種意義上說，校長猜得沒錯。

「好吧，你們的笑聲證明了我的猜測是正確的。」校長笑著揮了揮手，「但是我同時也知道，你們內心其實是很感謝我的，因為你們不用再浪費一整天的時間坐在教室裡聽老師們嘮叨。」

「哈哈哈……」

「當然，親愛的教師們別生氣，畢竟學生們才是今天活動的主體，拍拍他們的馬屁是必須的，事後你們可以盡情的用作業和考試去打擊報復。」

又是一陣笑聲。

「眾所周知，我們生在一個含蓄的國度。這是幸運的，也是不幸的。幸運的地方嘛……嗯，我來舉個例子吧，比如我們國家的古詩詞都格外短小精悍，言有盡而意無窮，大家背誦起來也比較容易。」

「記得前幾天我經過某個班的教室，聽到裡面有學生在抱怨，說『這些文學家吃飽了飯沒事做，寫這麼多詩做什麼？不是虐人嘛？』我深以為然。但是，同學們，想像一下，萬一我們古人都用十四行詩來寫作，你們該如何的痛苦……」

「話題好像不小心扯遠了，訓導主任別瞪我，我馬上把它拉回來。」

說著，校長大人做了個拉扯的動作，彷彿很是費勁，被囧了下的訓導主任無奈的搖頭笑了一下。看到向來面色嚴肅到嚇人的訓導主任露出了些許笑意，旁邊的幾位老教師全被嚇了一跳——這人居然會笑？

「但是，正是這種含蓄，讓我們許多人無法直接表達出內心深處所蘊含的深邃感情。大家可能不知道，我有個愛好，就是閱讀大家的作文，幾乎每次考試後，我都會把大家的試卷拿來看一次。然後我發現，你們很喜歡拿自己的事情舉例。」

「從其中，我看到了大家對於生活、對於親人、對於朋友的愛，這讓我覺得很開心。你們這一代人，從小就生活在平穩安定的環境中，沐浴著陽光長大，然後成長為了一個個心懷溫暖的孩子，這讓我感受到了希望，我覺得自己看到了國家——不，是世界的未來！」

人群漸漸安靜下來，所有人仔細聆聽著老人的話語。

「誰言寸草心，報得三春暉，這句詩大家想必都很熟悉，說的大致意思是——就像小草難以報答春天的陽光，孩子也難以報答父母那深厚的恩情。但是，同學們，你們覺得什麼是報答呢？你們又覺得該如何報答父母……或者說其餘對你有恩的人呢？」

兩個問題砸出後，不少人紛紛陷入了思考。

甚至不只學生，一部分教師也同樣如此。

「大家想知道答案嗎？」

「想！」

校長點頭笑了笑，「答案是——」

所有人屏氣凝神。

「我也不知道。」

「……」

蘇圖圖忍不住吐槽：「他是在用淡定的語調來愚弄我們脆弱的心靈嘛？」

莫忘：「……」

「人和人是相同的，人和人又是不同的。每個人所能給予的不一樣，每個人所需求的也不一樣。我不是你們，也不是被你們所感激著的人，當然給不了你們答案。」

「但是，有一點是肯定的！」校長大人一邊說著，一邊豎起了一根手指，「如果沒有意識到問題所在，那麼你就永遠得不到答案。」

「如果想知道答案，就從現在開始想！」

最後一句話的聲音極其大，再配上音響的效果，很多人只覺得耳朵嗡嗡作響。所以一時之間，操場上很寂靜，但很快，學生們紛紛拚盡全力的拍起了手，掌聲迅速連綿成一片，比之最初登場時的聲音要大了不知道多少倍。

「好了，大家別把手掌拍紅囉。」老人笑咪咪的揮了揮手，「下面由訓導主任說話。」

訓導主任：「……」瞪！

校長：「……」快步走過去，把麥克風塞到老友手中，小聲說：「我錯了成嗎？你就幫我一回。我剛才喊太大聲，嗓子疼，說不下去了。」

大部分學校都有個非常可怕的訓導主任，哪怕只是往旁邊一站，群生拜服，附近三里地連蚊子都不敢飛過一隻。莫忘的學校同樣如此。

但訓導主任就是再厲害，對不要臉的老朋友還是很沒轍，於是滿眼無語的接過麥克風，走到了臺中央。

接下來宣布的事情主要有兩件——

一、學校將新建一面巨大的「感謝牆」，上面掛滿感謝信箱，每個教師辦公室、每個班級都有一個專門的箱子，某些實在不好意思說出感謝話語的教師或同學，可以將寫好的信投入其中，再由「郵遞員」來傳遞。

期間校長大人插話：「郵遞員暫時只在校內活動，如果同學們的感謝對象在校外，請使用校門口的郵筒。」

在所有人的笑聲中，他又補充：「當然，我希望所有同學有一天都不再使用書信形式，而選擇親口用言語來表達。有些時候，凌亂的話語可能比有條理的文字更有力。」

二、以後午間的廣播中，會增加一個播放錄音的節目。簡單來說，每天廣播站的同學會固定來採訪學校中的教師和學生，並錄下他們的感激話語，而後播出。

最後，校長大人補充：「雖然拚命的拖時間，但是好像一節課都沒過去，大家似乎都很失望啊。」

學生們：「……」校長大人英明！TAT

「所以，我宣布——」

「今天不上課！」學生們接口高呼。

校長大人非常無恥的點了點頭，而後說：「是不可能的。」

學生們：「……」大哥，不帶這樣的啊！QAQ

「當然！」愛玩人的校長大人再次轉折，「肯定有許多同學迫不及待的想要寫信，所以給你們一上午的假。」

「Yeah！」

蚊子腿再小也是肉啊！

「當然，如果下午上課不認真的話，我會仔細考慮把課補回來哦。」校長大人補充道。

「不會的！」

「您放心吧！」

「我們會努力聽課的！」

「睡覺也不讓你看見。」

「哈哈哈……」

哄笑聲中，蘇圖圖轉頭看向自己的小夥伴，「小忘，妳想寫給誰？」

「我嗎？」莫忘歪頭思考了片刻，搖了搖頭，「我一個都不寫。」

「哎？」

「我要親口說！」說完，她握住短髮女孩的手，「圖圖，一直以來謝謝妳。」

蘇圖圖愣了片刻後，哈哈大笑：「客氣什麼嘛，我以後會做更多衣服給妳穿的。」

「……」不，這個就算了吧。

★◎★◎★◎★◎

之後，有人選擇了寫書信，也有人直接選擇用言語表達感激。

而在把所有人感謝了一遍後，莫忘終於在教學樓的門口找到了最後剩下的青年，她遠遠的就笑開了，揮著手跑了過去，「艾斯特，我……」

「陛下。」艾斯特適時的打斷了莫忘的話語，因為他擔心她一旦說出口，自己會立即改變主意，「能耽誤您一些時間嗎？」

莫忘愣了愣，點頭道：「啊？哦，當然可以！」難道艾斯特也想謝謝她嗎？那還真是不好意思啊。

可惜，她卻猜錯了。

因為艾斯特說出的話語是——

「請允許我單獨離開一些時日。」

「……離開？」

「是的。」

「為什麼？」完全被驚訝擊倒的莫忘，近乎失態的一把抓住艾斯特的衣袖，「為什麼要離開啊？」

「……」艾斯特強作淡定的眼眸中閃過痛苦之色，這疼痛順著血液快速的傳達到心口。

——陛下，懇請您不要露出這樣的表情，也不要說出這樣的話，因為……這只會讓我本就不堅定的意志更加快速潰散。

「對不起……」莫忘突然反應了過來，低下頭輕聲道歉，這樣的姿勢也讓她無法看到那雙冰藍色的眼眸，自然也無法查知其中幾乎滿溢而出的情緒。

「陛下，您並沒有犯錯。」

艾斯特柔和的安慰並沒有讓莫忘的心情好上多少，她深吸了口氣，說：「不……是我太過任性了，艾斯特你要想離開，肯定是因為有著重要的事情吧？」

「……」這句如同驚雷般的話語將他從迷惘中扯出。是的，沒有什麼要比陛下更加重要了，所以做出這樣的決定是必須的。艾斯特同樣深吸了口氣，微微頷首，「是的。」

「……我知道了。那麼……」莫忘抬起頭，小小聲的問：「你什麼時候回來？」

此時的艾斯特已經完全收斂一切的情緒，目光誠懇而篤定的回答：「陛下，請您相信，即使肉體離開，臣下的心與靈魂也一直會守護在您身邊。」

「哈……」莫忘有些無奈的抓了抓臉頰，「你說肉麻話的天賦還真是 MAX 了。」而且說出這種類似於豎 FLAG 的臺詞真的沒問題嗎？總覺得不吉利啊！

「因為可能有很長時間無法像現在這樣與您交談，所以情不自禁想再多說一些……」

——因為，陛下，這也可能是最後的談話了。

「噗！」莫忘笑出聲來，「艾斯特你是笨蛋嗎？」

「……」

「你不是隨身帶著手機嗎？就算出去辦事，也可以隨時打電話給我呀！還是說，你壓根不記得我的號碼？」

「當然不是。」

「真的？」莫忘瞇起眼眸，懷疑的看他。

「真的。」

「不太相信啊！」莫忘促狹的摸了摸下巴，突然朝面前的高大青年伸出手去，「嘿！手機拿來，我要檢查！」

在這樣的插科打諢下，原本有些尷尬的氣氛似乎逐漸消散無蹤，從來不會拒絕魔王陛下要求的忠誠守護者依言拿出黑色手機，將其遞到女孩手中。

莫忘當然不會翻通訊錄，一來這是艾斯特的隱私，二來上次發簡訊也足以證明她在其中。她所想做的是——打開相機，而後跳起身單手勾住艾斯特的脖子，擺好姿勢後「卡嚓」一聲，相片被永遠的保留了下來。

「哇！艾斯特你的表情好僵硬。」莫忘一邊笑著，一邊舉起手機在對方的面前晃了晃。

事實也的確如此，大概是因為事發突然的緣故，艾斯特的眼神有些錯愕，偏偏臉孔卻依舊面無表情，這兩者結合起來，真的形成了一種詭異的僵硬感。而勾著他脖子的女孩，則笑得異常燦爛。

「好，設定完成。」這句話後，艾斯特的手機背景從那乏善可陳的預設畫面變成了這張照片，莫忘一邊滑手機、一邊低低叨念：「只有我一個人拿你做背景也太不公平了吧？」

做完一切後，她把手機遞了回去，眨了眨眼睛，「這個世界的科技可是很發達的，即使相離再遠，也可以正常的通話甚至會面，而如果……」話音頓了頓，聲音漸漸低了下來，「如果艾斯特你要去的……是某個無法使用電話的地方，那麼至少還有相片可以看，對吧？」

「陛下……」

「不過！」再次開口時，莫忘的話音恢復了開朗，「要快點回來哦，不然手機沒電就什麼都看不到了哦！」

「……以魔神大人之名發誓——」艾斯特握住莫忘的手，貼在額頭，因為這樣做，她就看不到他此刻再也無法維持鎮定的表情了，「只要一息尚存，必然會再次回到您的身邊。」

「都說了不要老說這麼肉麻的話啦……」莫忘嗔怪的說了這句話後，猛然想起更重要的問題，「對了，你什麼時候走呢？」

「即刻就動身。」如果再繼續停留下去，或許他真的會厚顏無恥、自私自利的改變心意也說不定，所以越早……越好。

「那麼快？」莫忘明顯被驚到了，但她馬上點了點頭，「也是，早點去就可以早點回來！嗯，路上小心。」

「遵命，陛下。」

說出這句話後，青年果然鬆開了女孩的手，站直身體，頭也不回的離開了。

莫忘注視著艾斯特的背影，下意識貼在心口處的手上彷彿還殘留著對方肌膚的溫度，只是……

有那麼一刻，她突然想不顧一切的喊住他，強行阻止他離開的腳步。

「我在想些什麼啊！」她猛地拍了拍自己的腦袋，「奇怪的片子看多了嗎？」

——艾斯特那麼厲害，才不會發生什麼危險的事情呢，所以……那種想法是沒有任何必要的吧？嗯，肯定是這樣沒錯！

她一邊像這樣安慰著自己，一邊緩步轉身，朝教室所在的方向走去。

——我還沒有對你說謝謝呢。

——所以，千萬不要有事啊，千萬要平安回來啊。

——艾斯特。

★◎★◎★◎★◎

就在莫忘離開不久，走到校門附近的艾斯特則遇到了另外一人。

「準備逃跑了嗎？」

艾斯特停下腳步，側頭注視著雙手抱臂靠在牆上的同伴，今天的他沒有將那頭美麗的紫色長髮梳成馬尾，只是任其自右肩垂落，於後半段鬆鬆的繫上了一條淺紫色的髮繩——艾斯特一眼就認出那是陛下送出的小禮物。

雖然他也很想要，不過陛下說短髮的他和賽恩完全沒必要使用髮繩，為此格瑞斯得意了很久。

心中即便閃過了無數的思緒，艾斯特的話語聲卻依舊鎮定自若：「格瑞斯，現在的你應該在保護陛下。」

「閉嘴，還輪不到你來命令我。」身穿白色休閒服的格瑞斯輕嗤了一聲，原本抱臂的雙手插入口袋中，依舊靠著牆冷笑說：「看看現在的你，簡直像是一隻喪家犬。」

即使被這樣罵了，艾斯特也沒有生氣，只輕聲反問：「是嗎？」

「是！」

「那麼，看到這樣的我，你覺得滿足嗎？」

格瑞斯面色一凝，隨即笑了出來，他站直身體，一邊朝對方走近，一邊說：「滿足……個鬼啊！」一拳揮出！

艾斯特動作靈敏的一把接住快速襲來的拳頭：「格瑞斯，今天我不想和你打鬥。」

「是不想，還是根本做不到？」

「……」艾斯特沉默了片刻，才開口說道：「你發現了什麼？」

紫髮青年一把抽回自己的手，冷哼出聲：「你把我當傻瓜了嗎？那麼明顯的事實都發覺不到？」他可是這方面的專家！而且，「別的姑且不說，就憑你主動提出離開陛下這一點，便可以猜出一切了吧？」

艾斯特輕喃出聲：「是嗎……」

「你以為呢？！」

「那麼……」艾斯特微微勾起嘴角，目光滿是信任的注視著同伴，「我就放心了。」

「……你什麼意思？」

「即使只有你和賽恩，也一定可以好好守護陛下。不，必要時刻，這一次的勇者大人似乎也可以獨當一面。」除了他之外，還有這麼多人守護著她，所以……他並不是必要的、不可或缺的……

哪怕早已意識到了這一點，艾斯特的心頭依舊掠過些許悵然，但更多的，是欣慰。

「所以你就想逃跑嗎？膽小鬼！你根本不配做陛下的首位守護者！」

似乎被這樣的指控激怒了，艾斯特近乎尖銳的反駁說：「那麼你認為我該怎麼做呢？」但緊接著，他重新恢復了淡定，垂下眼眸說道：「我的選擇是正確的。」

——即使痛苦，但我堅信這一點。

「那只是你自己那麼認為。」格瑞斯卻毫不客氣的回應，然後冷笑起來，並且伸出雙手連連鼓掌，「獨自擔負一切離開，聽起來可真帥氣啊！好偉大，好厲害，艾斯特大人，我好崇拜你。」

「……」

「不要再用這種自以為是的行為來褻瀆陛下和我們的意志了！」

「……我從沒有這麼想過。」

「可你就是這麼做的！」格瑞斯毫不留情的繼續說：「隱瞞著我們，甚至隱瞞著陛下，就這樣一個人下了所有決定，接下來我們只需要按照你所劃出的道路行走即可……你真的認為自己的行為很正確嗎？」

這一次，艾斯特沉默了許久。

最終，他輕聲說出了一句話：「……」

格瑞斯的眼眸驀然瞪大，他近乎驚駭的連連後退了幾步，不可思議的注視著艾斯特，如同第一次看清這人，「你……你說什麼……你竟然……」

「事實就是這樣。」艾斯特微微頷首，再次肯定了自己剛才的話語，「格瑞斯，陛下就交給你們了……」

「等……」

格瑞斯下意識伸出手，卻只抓住了一陣風，而他的「死對頭」，已然消失了蹤影。

——那傢伙真的走了。

他無比確定這件事，但是……

——混蛋！臨走都不讓人省心的白痴！

這樣的想法讓格瑞斯有些心煩意亂，他咬了咬牙，終於忍不住低咒出聲：「可惡！這究竟是怎麼一回事？！」

第二章

魔王就是要洗衣做飯

有句話怎麼說來著？

對了——

失去後才懂得珍惜。

莫忘深以為然。

雖然從前就認為艾斯特很重要，而他一離開，這種重要性就越發凸顯了出來，簡直體現在生活中的每個方面。

他還在時，幾乎包辦了所有家務——除去之前作為懲罰交給賽恩的打掃工作。

而現在，個人必須洗個人的衣服。當然，這對莫忘來說毫無壓力，畢竟從前都是親自做，即使艾斯特到來後，她的貼身衣物也都是自己處理，問題是……還有格瑞斯和賽恩啊！

前者不用多說，堂堂大少爺，幾乎是「十指不沾陽春水」，他自告奮勇接替洗衣服的工作，一口氣把整袋洗衣粉倒了進去，還拚命加水，結果泡泡就從浴室源源不絕的冒了出來，直接淹了半間屋子。

最後這傢伙還很委屈的說：「我以為洗衣粉加得多……衣服就洗得越乾淨……」

莫忘：「……」

好吧，她剛開始洗衣服的時候也犯過類似的錯誤，雖然沒這麼誇張。

緊接著，賽恩同學登場了。這傢伙非常明智的吸收了前輩的經驗教訓，加粉、加水、泡衣服，嗯，完全沒問題。

但問題是！

這傢伙手勁大啊！

看他使用的武器就能知道……

於是……

「刺啦！」

「嘩啦！」

「哎？怎麼都破了？」羞澀笑。

「你笑個鬼啊！我的衣服啊啊啊啊！」格瑞斯抓狂了。

莫忘：「……」還好裡面沒她的衣服。

最後這傢伙也很委屈：「我以為越用力……衣服就洗得越乾淨……」

莫忘：「……」某種意義上說，這種說法也沒錯，但問題是，力氣要在正常人的範圍內吧喂！

最後，莫忘不得不親自上場，問題是這兩個傢伙又不答應，說什麼——

「居然要陛下您親自動手，這種事情絕對不行！」

「小小姐陛下，我不能原諒自己的無能！」

莫忘：「……」洗個衣服而已，有必要想那麼多嗎？再說她又不是沒有洗過，再加幾件也只是隨手之勞。

但最終，她還是被阻止了。

幾次討論後，大家終於得出了最終的辦法。簡而言之，就是由莫忘來做示範，他們來學習。於是石詠哲來莫家時，就看到了這樣奇葩的一幕——

客廳裡放著三個大盆。

大盆旁放著三張小板凳。

板凳上分別坐著一位青年、一位少年和一位女孩。

三個人面對面呈「品」字排列。

而後，石詠哲就看到他家小青梅面色嚴肅的從滿是泡沫的水中拿起一件衣服，將其放到盆中的洗衣板上，以充滿說教性質的口吻說道：「把衣服放到洗衣板上，攤好，左手按住衣服，右手……」

格瑞斯和賽恩同樣面色嚴肅的學習著，還時不時舉手提問。

「陛下，請問我用左手搓可以嗎？」

「陛下，怎樣的搓洗方式更省力呢？」

「陛下……」

「陛……」

石詠哲：「……」默默扶額轉身……一定是他開門的方式不對！

總而言之，這個問題終於得到了解決。

但是，緊隨而來的是另外一個可怕的問題——吃飯！

在艾斯特來之前，莫忘幾乎過著這樣的生活——週一到週五早上去石叔家蹭飯，中午吃學生餐廳，晚上要麼和小竹馬在外面打牙祭，要麼繼續蹭飯；週六週日全天蹭飯。

她、不、是、不、會、做、飯！而、是、手、藝、太、差！

雖然煮麵條炒飯是沒什麼問題，但在品嘗過自家竹馬家的口糧後，回來吃「豬食」什麼的……她做不到呀！

艾斯特的做飯水準當然是很高的，否則也不會把她養得白白胖胖……咳嗯！體重穩定增加的莫忘堅定的認為，艾斯特哪天如果退休不幹了，完全可以去郊區開個養豬場，成為自主創業的典範……

話題轉回來，莫忘原本以為自己已經夠悲劇了，可是一對比才發現，她真是太天真了。最先自告奮勇的還是格瑞斯，這傢伙很自信的一笑，說：「就讓你們品嘗一下我高超的記憶吧。」

最初莫忘是挺放心的，因為從前艾斯特掌管廚房的時候，這傢伙最愛去選適合盛菜的盤子，然後拿起蘿蔔、豆腐之類的食材雕出漂亮的圖案擺放其中，給人一種「他其實是大廚」的錯覺。

直到格瑞斯切菜時，圍觀的莫忘依舊堅定的如此認為。

可等他一開鍋，悲劇就發生了……

能想像嗎？

一個青年被油鍋炸得嗷嗷叫到處跑，然後往沸騰的油裡面加水……連莫忘這種廚藝菜鳥都知道會有什麼後果啊喂！

於是，被炸出一身水泡的格瑞斯被開除了做飯的資格。

緊接著，賽恩登場。

雖然莫忘說了句「還是算了吧……」，但這傢伙居然自信滿滿的回答「小小姐陛下，您就放心吧！」，莫忘唯有含著熱淚退下了，其實她真的一點都不放心呀！

首先，洗菜切菜，嗯，很正常。

接著，下鍋，翻炒，加調料，嗯，也很正常。

最後，起鍋……咦？成功了？

這成果來得太突然，以至於女孩一時之間甚至愣住了，反應過來時只想淚流滿面——不容易啊！終於有飯吃了！

「做得好，賽恩！」對於成功者，她是不吝嗇表揚的，「沒想到你居然有這麼一手。」

「啊哈哈哈，以前艾斯特前輩做飯時，我曾經觀察過一段時間，記住了大致步驟。」賽恩很謙虛。

「哦、哦，這樣啊。」比起某人來說要可靠多了。

「小小姐陛下，來品嘗一下如何？」金髮少年一邊說著，一邊遞上筷子。

莫忘接過筷子，夾起一片綠油油的白菜，放入口中，本著「鼓勵」的原則，邊咀嚼邊連連點頭說：「做得不……」

筷子掉落，她僵硬的抬起頭，不可思議的看向少年，「你……」

「陛下？」賽恩滿臉期待。

格瑞斯：「……哼！」會做菜有什麼了不起的！有什麼了不起的！

「你……」莫忘倒下……

——是想謀殺嗎喂！

「陛下！！！」

「陛下，您怎麼了？！」

「陛下，您醒醒啊啊啊！！！」

好在莫忘只吃了一小片，在躺了幾分鐘之後，她終於在賽恩一連串的呼喊中解除了「麻痺」狀態，用滿臉愧疚的少年端過來的熱水默默漱口，而後語重心長的說：「賽恩。」

「什麼？」

「我覺得你以後還是別做飯了。」

「……」

就在此時，在好奇之下也手賤嘴賤的品嘗了菜色的格瑞斯緩慢的從地上爬起，艱難的補刀：「你的水準已經超越廚藝的標準了。」

「啊？」

「你真的不考慮改行做魔藥大師嗎？」專門研究殺人不見血的毒藥什麼的……

賽恩：「……」TAT

於是，賽恩也被開除了做飯的資格。

莫忘臨危上陣，可要命的是，做飯這種事和洗衣服不同，是需要天賦的，勉強不來的。

雖然她既不會炸了廚房，也不會做出殺人料理，但是……

「哎！」她長嘆了口氣，自己做的自己都吃不下去了好嗎？！

「陛下，您怎麼不吃了？」用筷子數著麵條的格瑞斯問道。

莫忘單手托腮，「你不是也沒吃嗎？」

「……因為這是陛下做給我的珍貴麵條，我要一點一點慢慢的品嘗。」不行！身為守護者他怎麼能夠嫌陛下做的麵難吃呢？幻覺！一切都是幻覺！陛下做的菜都是人間美味！

「……呵呵。」

「小小姐陛下，家裡還有水嗎？」

莫忘點點頭，「還有。你要做什麼？」

賽恩燦爛的笑著說：「稍微稀釋一下麵條中的鹽分。」

「……你可以直接說我做鹹了。」

賽恩堅定的說：「不！小小姐陛下您是絕對不會犯錯的，肯定是我的舌頭出了問題！」

「……呵呵。」

三人對視了一眼，然後不約而同的長嘆出聲：「哎……」艾斯特究竟在哪裡呀？

綜上所述，艾斯特簡直是生活中不可或缺的必需品好嗎！

當然，莫忘也可以重新回去蹭飯。但問題是，她一個人就算了，帶著兩個「表哥」算是怎麼一回事呢？就算石叔和張姨不介意，她也不好意思好嘛？看來……

她站起身，走到電話邊，「還是叫外賣吧。咦？這是什麼？」

莫忘突然注意到電話的下方壓著一張紙，她把紙拿了起來，只見上面寫著一行字——

【陛下，如果想叫外賣，可以選擇這一家。號碼：……】

莫忘：「……」她直接丟下紙條，快速的跑到浴室中，翻找了片刻後，果然在角落裡找到了一張紙條，之前大概是壓在肥皂盒下，卻意外被人或者風拂去了。

【陛下，洗衣服之類的事情暫時還不可以交給格瑞斯與賽恩他們兩人，您最好先費心教導他們一番。】

她跑回了臥室中，四處翻找了片刻後，又找到了不少張紙條。

比如鬧鐘下——

【陛下，鬧鐘的電池似乎快沒電了，我已經換上了新的，多餘的電池放在床頭櫃的抽屜裡，如果需要可隨時取用。】

比如衣櫥某件厚外套的口袋中——

【陛下，既然您選擇穿這件衣服，想必天氣已經很涼了，不如再添加一條圍巾如何？】

比如……

比如……

比如……

手中抓著一大把紙條的莫忘頹然跪坐下身，就那麼毫無形象的哭出聲來。

她也不知道自己為什麼要哭，只知道一種突如其來的悲哀洶湧而強烈的衝擊著心扉，它們不停的訴說著……訴說著……

「陛下……」

「小小姐陛下……」

莫忘含淚轉過頭，注視著擔憂的注視著自己的兩人，哽噎出聲：「怎麼辦？我突然覺得……艾斯特可能不會回來了……」

格瑞斯的瞳孔驀然縮小，紫色的眼眸中倒映著女孩哭泣的模樣，她哭得並不大聲，可以說是相當安靜的流著眼淚，可越是這樣，越讓人覺得那哀痛是如此深邃的發自內心，以至於他甚至差點不自禁將那些真實說出，但是……

想起艾斯特離開前對他說的那句話，格瑞斯默默捏緊垂落在身側的拳頭，猶豫再三，最終保持了沉默。

——對不起，陛下……

——這也是為了您……

「小小姐陛下……」賽恩不知何時走了過去，蹲下身小心翼翼的用條紋手絹擦掉女孩臉孔上的淚珠，「您怎麼突然哭了？」

「啊？」莫忘呆愣了片刻，伸出手摸了摸自己的臉，疑惑且尷尬的說：「對啊，我為什麼要哭呢？」她接過手絹，猛地擦了下臉，「我都在胡思亂想些什麼啊，艾斯特那麼厲害，肯定不會有事的。」像在解釋原因，又像在說服自己。

「嗯嗯，艾斯特前輩可是魔界的最強者哦！恕我冒昧，您的擔心恐怕是絕對不會實現的。」賽恩燦爛的笑著並自信道，「當然，這個排名要除去魔神大人和小小姐陛下。」

「……我就算了吧。」莫忘望天，嗯，這樣眼淚好像就不會往下流了，「像我這樣的，你一手可以丟出去三十個吧？」大力士什麼的，最可怕了。

「怎麼會？」賽恩堅定的搖了搖頭，「我就算把自己丟出去，也絕對不會把陛下您丟出去的。」舉起手，「需要我發誓嗎？」

「……不用了。」怎麼這一個也是一樣，肉麻的話語說得比誰都誇張。

「小小姐陛下。」

「啊？什麼？」

「這裡——」賽恩伸出手指，輕輕抹過莫忘的眼角。他雖然力氣大，但是這個動作卻很溫柔，「還有眼淚。」手縮回來，展示給她看。

莫忘注視著他指尖上的晶瑩水珠，略有些赧然，她真是越來越嬌氣了，稍微一點事都哭怎麼行？這個壞毛病絕對要改掉！而且……等艾斯特回來，也絕對不會希望見到一個老愛哭鼻子的魔王陛下吧？如果是他的話，會怎麼說呢？唔，大概是「陛下，需要我帶您去眼科掛號嗎？」之類的吧……

想到這裡，她有些忍俊不禁。

——果然一旦經過分離，就難以忍受這種東西啊！

——才稍微分開一點點時間，就有些受不了了。

——但是……這樣是不行的。

——要更加堅強才可以。

只要耐心等待，他一定會回來的。

莫忘清楚的記得，艾斯特離開前曾經這樣保證過：「只要一息尚存，必然會再次回到您的身邊。」

雖然這話語中隱約透露著不祥的味……不，他只是習慣性說肉麻話而已，一定是這樣沒錯！重點是——

他從來不會騙她。

這次一定也是一樣。

莫忘握緊手中的紙條，打開衣櫥的抽屜，將它們小心翼翼的放了進去，而後關上抽屜重新站起身，「我現在就去叫外賣，艾斯特推薦的店家味道一定很不錯！」

「好期待啊……」賽恩明顯也很捧場。

「嗯嗯。」

說完，莫忘小跑了出去。

臥室內，徒留兩位守護者。

格瑞斯微微舒了口氣，雖然沒有及時安慰陛下的確是罪過，但是……總覺得無法與那雙閃爍著淚光的眼眸對視，因為他會不自覺的說出實話，以求讓其恢復笑顏。可偏偏……那真相或許會讓她更加痛苦。

——我的選擇是正確的。

他如此暗示自己時，驀然想起之前的艾斯特也說過同樣的話語。有些失言的同時，也有著更多的糾結。

「格瑞斯前輩。」

「什麼？」他回過神來，「賽恩？」

「你這樣隱瞞陛下真的好嗎？」

「……」

「你怎麼知道」這種話根本無須問出口，能被選為守護者的都是精英中的精英，誰會比誰更愚蠢呢？事情到了這個地步，賽恩如果無法察覺他反倒會覺得不正常，只是……

「我……和那傢伙的選擇是正確的。」是為了更好的守護陛下，這一點毋庸置疑。

所以，即便這是名為「褻瀆」的重罪，即便死去之後會被魔神大人投入烈火之中焚燒，他也不會改變心意。

「是嗎？我明白了。」賽恩聽完後，點了點頭，堅定的說道：「如果前輩們都認為這樣的判斷是正確的，我當然也會遵從。」

「……」

「怎麼？」少年歪頭，如天空般湛藍的眼眸中閃現出疑惑之色，「難道前輩以為我會反對嗎？不會還想讓我永遠閉嘴什麼的吧？哈哈哈，好可怕的樣子！」

「喂，你說的話才可怕好嗎？」格瑞斯扶額，「特別是還掛著那種無辜的表情。」他就算出手，也頂多是揍到他不敢說話或者不能說話，怎麼可能真的殺人……好吧，這種想法也好不到哪裡去。

「但是——」賽恩緊接著說，「前輩你也無須告訴我實情。」

「你不想知道？」

「想當然是想。」賽恩撓了撓後腦勺，臉上掛起無奈的神色，「但我覺得自己無法承接小小姐陛下的眼淚，如果她再次哭泣，我擔心自己會無意識的把所知的一切全部說出來。雖然這是身為屬下必須要去做的事情，但是……我同時也相信前輩你們的忠誠，所以還是別告訴我了。」

「也就是說——所有的壓力都由我來擔負嘛？」格瑞斯突然覺得「獨挑大梁」的感覺也不是那麼美好……混蛋！他也開始稍微有點想那個白痴了。

「沒錯！」賽恩猛地點頭，笑得十分理所當然。

格瑞斯：「……」這傢伙真是太氣人了！

就在此時，外面傳來了這樣的喊聲——

「喂，你們兩個想吃什麼？」

臥室中的兩人對視了一眼。

「出去吧。」

「嗯。」

時間如水般滑落，流逝無痕。

幾人的生活不知何時重新走上正軌，而同時，艾斯特離開所帶來的影響也被漸漸抹平。

時光和習慣就是如此無情的東西，它總會像這樣證明著——看，雖然當時看來天崩地裂，但事後再想，那也並非不可或缺。

但是……真的是如此嗎？

這恐怕只有當事者才能清楚了。

艾斯特所推薦的餐館菜色味道果然很好，並且隨著時間推移，不僅沒有偷工減料，反而有越來越好的趨勢，甚至快達到了艾斯特的水準。

★◎★◎★◎★◎

天氣也一天天地冷了下來。

很快，十一月離開了，十二月又到來了，這也是冬季的起始。

莫忘的衣裙和襪子都換成了加厚款，同時也像其他學生一樣圍上了紅黑格子的圍巾，而戴上圍巾之前，她偶爾間發現，在圍巾某一段的尾部居然繡著「ＭＷ」的字樣，她連忙抖開它，果然在其中又發現了一張紙條。

【陛下，您似乎很喜歡石夫人為勇者大人繡的字，雖然我稍微向她學習了下，但功力還是有些不到家，希望您不要嫌棄。以及，既然您拿起了圍巾，說明天氣已然變涼，請務必注意身體，多加保暖。無論我身在何方，都會為您的健康與快樂祈禱，願您永遠享有它們，片

刻不離。】

「艾斯特……」

莫忘伸出手，一點點地撫摸著那小巧的圖案，手指觸摸間可以清楚的察覺到其上的微微凸起，這些都是……腦中突然浮現出這樣的場景——面色嚴肅的青年坐在板凳上，頭頂柔和燈光，修長的手指中捏著細小的針，如做什麼精密手術般慢慢的繡著字……

「噗！」

僅僅只是腦補，莫忘就下意識的笑了出來。艾斯特和繡花針什麼的，真是一點都不合拍好嗎？但是……即便這樣，他還是……

她勾起嘴角，小心翼翼的把圍巾圍好，又仔仔細細的整理了一次。

「笨蛋，時間要到了！」陽臺上傳來這樣的喊聲。

「知道了，你才是大笨蛋！」莫忘轉過頭像這樣喊了回去，幾分鐘後提起床邊的書包，快速的跑出了臥室。

沒有任何人可以阻止時間的流逝。

也沒有任何人可以阻止生活的改變。

但是……

如果真的想要記住某個人，也同樣沒有任何人可以阻止。

比如說……

靜躺在抽屜中的那些紙條中，夾著這樣一條女孩剛剛寫好的紙條。

【艾斯特，今天早上起來氣溫猛降，所以我戴上了圍巾，突然發現你居然在底部繡了字，我真的很開心。不過，你真的沒有把手戳出針孔嗎？老實說出來我也不會笑你的。以及……謝謝你。就像你所說的，無論我身在何方，也都會為你的健康與快樂祈禱，願你永遠享有它們，嗯，還有……要早點回來哦，希望今年的年夜，能夠和你一起守歲。】

如果仔細去看，就會發現每張艾斯特所寫的紙條中，都會夾著一張回覆紙條。

即使知道對方壓根不會看到，莫忘還是以回信的姿態，認認真真的寫下了回覆。

對於對方付出的，她或許永遠沒辦法全部回應，但是至少可以先做力所能及的。然後，像這樣一邊在生活中發現驚喜，一邊……等待著他的歸來。

——艾斯特，你一定會回來的，對吧？

而她所不知道的是，在所有人都離去後，一陣風拂過房間，消失了一個月的艾斯特就這樣出現在其中。他彎下腰，小心謹慎的打開抽屜，拿出其中的紙條，認認真真的讀著。

良久，他將紙條貼在心口喟嘆出聲：「陛下啊……」

——任何心願，都務必為您達成。

——無論身在何地，即使無法明說，這個年夜，我都會與您一起等待零時的到來。

幾乎是同時，和竹馬一起跑出了社區的莫忘突然停下腳步，若有所感的朝著自己臥室的方向看去。

——這種感覺……

「妳在發什麼呆啊？就要趕不上車了。」

「啊？咦？快跑！」

石詠哲：「……」她以為都是誰的錯啊？

★◎★◎★◎★◎

一到學校，莫忘就聽到了這樣一條消息。

「烤肉？」

「是啊。」蘇圖圖連連點頭，「之前不是因為下雨沒能舉行嗎？所以大家決定這週六一起去！當然，提前看過天氣預報了，上面說絕對不會下雨的。」

「……這樣啊。」莫忘思考片刻後點了點頭，「嗯，好啊，反正我這週末沒什麼事。」

「既然小小姐這麼決定，那麼我也一起。」賽恩在後排舉手。

蘇圖圖鄙視的看了他一眼，「偷聽女孩子說話真的沒問題嗎？」

賽恩：「我沒有偷聽，是光明正大的在聽啦。」笑。

「……」蘇圖圖無語的轉過頭，「男人無恥起來還真是可怕。」

「對了，莫忘。」一旁邊突然有女生喊她。

「啊？什麼？」經過幾個月的磨合，莫忘和班上的同學們相處得還不錯，雖然不可能和每個人都達到死黨的程度，但至少從沒和任何一人發生過矛盾。

「叫上妳表哥一起吧？」

「對呀、對呀，叫上格老師一起吧。」

「……」

不得不說，漢語真是博大精深，仔細翻看之下，莫忘驚訝的發現還真的有「格」這個姓氏！順帶一提，艾斯特離開後不久，格瑞斯終於成功擺脫了「清潔工」的職務，當上了臨時體育教師。相比於前任，他要稍微受歡迎一點，大概是因為沒有那麼多折磨人的手段吧。

當然，經過之前夢魘石那次的教訓，格瑞斯現在雖然依舊紳士，卻與女性保持著相當的距離，簡而言之……被嚇出心理陰影了。

而不知不覺間，格老師和莫忘也是表兄妹關係的消息就傳了出去，由於當事人並沒否認，所以眾人雖然有些疑惑，卻也找不到什麼反駁的證據，便接受了這個事實。而這一點，也讓莫忘的「女生緣」又好了幾分，她也不知道是該哭還是該笑。

雖然知道自己一說出口，格瑞斯肯定會答應，但是她並不想勉強他，所以只是點了點頭說：「我會問問他的。」還是讓他自己來做決定吧。

「太好了！」

就在此時，又有人說——

「妳和穆學長、陸學長的關係似乎也不錯，把他們一起叫來如何？」

「……」這個就……

「叫來做什麼？」

背後突然傳來的這句話音嚇了莫忘一跳，她連忙轉過頭，發現真是「說曹操曹操到」，那兩人正站在教室外面……耳朵也靈過頭了吧？

不過這樣也好。

她微微拉開窗戶，將事情稍微說了一下。

「哎？烤肉嗎？可以呀！」陸明睿摸了摸下巴，非常果斷的答應了，說完轉頭問：「子瑜，你呢？」

「……」沉默片刻後，相貌俊秀的少年微微搖了搖頭，「不，我那天有事。」

「這樣嗎？那真是太可惜了。不過沒關係，我會考慮幫你帶的。」

「……」

莫忘扶額，「陸學長，等你帶到了，早就涼到不能吃了吧？」

「說的也是。」陸明睿恍若才想起似的連連點頭，「還是學妹妳比較細心。」

「……」不，這是常識好嗎？

做好約定後，兩位少年相繼離開，雖然一部分同學對於某人無法參加有些失望，但不是還有格老師在嘛？蚊子腿再小也是肉啊！

大概是因為有著這樣的週末作為動力，這一天學生們都表現得非常亢奮。當然，在公民老師的課上還是要縮著頭做人的，誰知道他什麼時候一個心情太好，就又發大招。

★◎★◎★◎★◎

午餐過後，莫忘依舊自發的找了些好事去做，雖然艾斯特離開時好像也把水晶球一起帶走了，現在她哪怕做好事也不知道自己增加了多少魔力值，但是已經養成的習慣哪是那麼容易改掉的，更何況能幫到其他人，她其實也很開心。

幫學生餐廳卸了一車子的菜後，她順帶又去小樹林撿了一會兒垃圾。從前覺得為難的事情，現在做起來真是輕鬆無比，可惜沒有人跟在她身後一邊鼓掌、一邊面癱的說「加油」，雖然當時覺得囧然，現在……嗯，還稍微有點懷念呢。

而小竹馬顯然知道自家小青梅在做些什麼，也想過幫忙，卻被她拒絕了。因為如果不是女孩親手去做，魔力值就無法增加，所以他也只能做一做後勤工作，比如幫女孩買些愛吃的飯菜啊，再比如提前買好水等待她回教室什麼的——頗有幾分賢良淑德的味道。

很快做好一切後，眼看著時間差不多，莫忘走到公用洗手池邊洗乾淨手，準備回去稍微趴一下，天氣越來越冷了，中午也越來越容易犯睏，好在教室中人數眾多比較暖和，只睡一會兒也不用擔心著涼。

擰上水龍頭後，莫忘一邊用手絹擦著手，突然聽到身後不遠處傳來了腳步聲，她下意識一扭頭，驚訝的發現來的居然還是熟人——

「穆學長？」

「……嗯，是我。」

「呃……」莫忘左右看了一眼，附近沒有其他人，又看了看對方的眼神，有些不確切的問道：「你……難道說……」

「是來找妳的。」沒有耽誤時間，穆子瑜給了女孩一個肯定的答案。

「哦哦，學長你有什麼事嗎？」莫忘疑惑的問道，又突然想到了某個可能，「啊，難道說週六你又有時間了？」

「不。」

「……那是？」莫忘歪頭。

「我想問妳，這個週日有時間嗎？」

「哈？」莫忘愣住，而後懵懵懂懂的點頭，「嗯，有的。」

「那麼，可以把這時間給我嗎？」

「啊？」莫忘再次愣住，片刻後，再次點頭，「可以啊。」穆學長是好人，還幫過她，再說他的要求又不過分，答應也沒什麼關係。

「好。」穆子瑜臉上浮起一個溫和的微笑，「那到時候我給妳電話。」

「……嗯。」莫忘茫然的點了點頭。

事實上，直到少年離開，她也沒弄明白學長到底是啥意思……

於是，她選擇了直接去問。

「陸學長！」莫忘轉頭看向不遠處的牆角，「穆學長是什麼意思啊？你知道嗎？」

陸明睿：「……」默默從牆角跳出來，「學妹妳還真是讓人沒成就感。」

「……那真是對不起。」莫忘扶額，「不過，學長你真的有資格說這種話嗎？」說到底，他為啥老是躲藏在那些奇怪的地方，而後再以更奇怪的方式蹦跳出來呢？就那麼喜歡嚇人嗎？

說話間，陸明睿已經走到了她身旁，輕巧的跳起身，一屁股坐在了乾燥的池沿上，笑嘻嘻地問：「妳是真的不知道子瑜的意思嗎？還是和我開玩笑？」

「啊？」她歪頭看他。

「……好吧，我明白了。」某種意義上說，呆到這種地步還真是讓人辛苦啊！那位石學弟也是，子瑜也是。不過，這樣倒是讓趣味性更足了。陸明睿心滿意足的讓笑容更深，「學妹，妳試想一下，一男一女在週末一起逛街吃飯甚至是看電影，我們通常把這種行為叫做什麼呢？」

「唔……」莫忘撓了撓臉頰，她記得好像聽圖圖說過這樣的話，對了，當時對方給出的總結似乎是——

「閨蜜的節奏？」

她完全忘記了當時小夥伴說的是「一女一女」。

「噗——咳咳咳咳！」饒是陸明睿已經做好被坑爹的準備，還是被這回答驚嚇到了。

——該說真不愧是學妹嗎？真是語不驚人死不休。要是讓子瑜知道她以為他想做閨蜜，到底會露出怎樣的臉色啊喂！不行，週末的跟蹤大業勢在必行！

「喂！」莫忘滿頭黑線，她到底說了什麼，讓他反應這麼強烈？本著人道主義的原則，她還是伸出手拍了拍陸明睿的背脊，「學長，你沒事吧？」

「沒、沒事……」陸明睿又咳了一會兒才漸漸平息下來，而後由衷的感慨說：「學妹，我開始懷疑週六和你們一起去烤肉是不是一個錯誤的決定了。」

「哈？」

「妳這是要把我哽死嗆死的節奏啊！」

「……再見！」

「哎，別生氣呀。」陸明睿笑咪咪的說，「妳不想知道子瑜找妳做什麼了？」

莫忘皺了皺鼻子，「反正到時候學長肯定會自己告訴我的。」說完，走人。

「……」她還真的走了。

陸明睿長長的嘆了口氣，他就那麼討人厭嗎？而且……他很肯定，自家好友肯定不會明說啊，他向來是「不見兔子不撒鷹」的典型。格決定他絕對不可能說出「我其實是想泡妳！」這種話。

所以說——

「嗯嗯，還真是有好戲看了。」

★◎★◎★◎★◎

蘇圖圖的話沒有說錯，這個週末的天氣果然很好。

雖然季節已經算是初冬，但在溫暖日光的照耀下，很少有人會覺得寒冷，再加上烤肉本身就是接近火的活動，所以不少人在吃了一會兒後都紛紛脫去了外套，和圍巾丟在一起，甚至挽起了衣袖，投入更加熱烈的氛圍中。

活動地點並不像最初所說的由蘇圖圖提供，而是張社。他家住得離學校不遠，而且是一樓，自帶一個院子，雖然不大，但容納一個班的人綽綽有餘，再加上這傢伙的父母工作忙碌、長期不在家，同學們在他家中也非常放鬆。
烤肉架是由孫斌斌提供的，身為一名男性還有著疊字名實在讓他很不滿，但沒辦法，誰讓這名字是他爺爺取的呢？於是唯有含淚接受了。
從這一點就可以看出他在家中很受寵，當然，這是非常正常的。他爺爺奶奶雖然生了七、八個孩子，但他爸是唯一的男性，而他爸又只有他一個兒子，於是孫斌斌從小就被全家當小祖宗一樣供著。好吃好喝之下，咳咳咳，體型也就自然而然的……再加上他爸是開連鎖烤肉店的……悲哀！
不過，這傢伙雖然從小嬌慣，卻沒什麼壞脾氣，為人也很大方，這次一看班上要辦活動，非常出力的從家裡弄了四個烤肉架出來。不僅如此，瓜果菜肉啥的也是直接從他家用成本價拿的，省錢又衛生。
再加上家裡開超市的同學帶來的飲料……
莫忘不得不感慨，他們班就是個微型的「三百六十行」啊！不過……果然還是她和石詠哲的職業最奇怪吧？魔王勇者什麼的，如果不是親身遇到，根本連想都無法想像。
「學妹，請妳吃肉！」
這樣一句話打斷了莫忘的思緒，她連忙將手中的托盤遞了上去，「啊，謝謝。」

「不用這麼客氣啦。」陸明睿攤了攤手，「來來來，還有沒有其他人要？」

「我要！」

「我也是！」

「陸學長你的手藝真不錯啊。」

陸明睿：「必須的！」拇指笑。

莫忘微微後退了一步，一邊蘸著盤中的醬汁吃著烤肉，一邊再次感慨陸學長果然很善於和他人相處啊，才這麼一會兒工夫，就幾乎和所有人弄熟了，而且似乎能準確叫出所有人的名字，真是讓人不佩服不行。因為連她這個本班生，都還有些人認不清。

「別光吃肉啊，笨蛋。」一小堆蔬菜「空降」到她盤子中，「小心變成豬。」

「喂！」能說出這麼可惡話的，除了石詠哲那混蛋還能有誰？莫忘不滿的鼓了鼓臉，歪頭瞪他，「你才是豬呢！而且……你是想讓我變成兔子嗎？！」沒錯，雖然是女生，但她真的比較愛吃肉，反正她運動量大，再吃也不會胖過頭。

「莫兔子嗎？」石詠哲往口中塞了一塊肉，笑得很可惡，「聽起來還不錯。」

「走開，石豬頭！」她毫不客氣的把蔬菜夾了一半丟到對方盤中，順帶「嘩啦」一筷子把他碗裡的肉扒拉了過來。

「……喂。」

莫忘偷笑了兩下，快速逃跑，直到安全距離外，才慢條斯理吃起了偷來的肉肉。嗯，誰的手藝？好像不如陸學長的好，不過算了，再怎樣都是肉啊！

「笨蛋……」石詠哲一手捂住臉，她就那麼喜歡吃肉嗎？不過……咳，這一點也是挺可愛的。

「小忘，雞翅好了，要吃嗎？」

「啊？要！」

注視著小青梅快速跑掉的背影，石詠哲再次憂傷了，像這樣如此容易被拐走真的沒問題嗎？他默默腦補起——一位大夏天都撐著黑雨傘、穿著黑大衣的怪蜀黍走到女孩面前，蹲下身猥瑣笑說「嘿嘿嘿嘿，小妹妹，跟我走好不好？我給妳肉吃哦！」，說完掏出一塊牛肉乾在她面前晃了晃，於是那傢伙就傻乎乎的跟對方走了。

這可真讓人絕望……

如果讓莫忘聽到小竹馬的心聲，八成會毫不客氣的用蔬菜糊他一臉，那種大夏天還撐雨傘穿大衣一看就是變態的傢伙，誰會跟他走啊喂！完全把她當成傻瓜了吧混蛋！嗯，如果穿著正常的話還可以稍微考慮一下……稍微……

「石學弟。」

「……」石詠哲轉過頭，「有什麼事嗎？學長。」

除去第一次見面外，之後石詠哲並再沒有和陸明睿發生過衝突，所以他還保持著明面上的禮貌。但事實上，對於最初的「那件事」，他真的非常不高興，再加上對方和穆子瑜過於接近，他對其也就更加缺乏好感。「物以類聚，人以群分」並不是個傳說，很多事實都在證明著這句話的精準性。

「不要這麼客氣嘛。」陸明睿笑咪咪的伸手想要搭上石詠哲的肩頭，卻被躲開了。

石詠哲微微側身，從另一邊擺滿了材料、飲料、醬料和涼菜的桌上拿起一張紙巾，同樣笑著遞了過去：「學長，你手上沾了油。」

不得不說，不在自家小青梅面前時，石詠哲也不總是犯蠢，畢竟他有著那樣一位老爹……咳，遺傳基因萬歲！

「啊，抱歉，我都沒發現。」

「沒關係。」

兩人相對一笑。

「學弟。」

「有什麼事嗎？學長。」

陸明睿點了點頭，沒有拖延時間直接把疑問砸了出來：「嗯，我想問你，學妹有沒有什麼特別喜歡的東西呢？」

石詠哲微怔，「……她喜歡的東西？」這傢伙是想做什麼？

「是啊。」陸學長恍若什麼都沒意識到似的，自顧自的點頭說道：「馬上不就聖誕節了嘛？我想著送她點小禮物，又不知道她喜歡什麼，所以來問問你。」

「聖誕禮物……」一提起這個他就頭疼，早在十一月底時，老媽就在明裡暗裡提示了，而後又接連否決了他的無數想法。結果，一邊是老媽的催促，一邊是老爸的鄙視……這是人幹的事嗎？！

「嗯。」陸明睿點頭。

「女孩子一般都喜歡比較可愛的東西吧。」石詠哲給了對方一個模稜兩可的答案。

「說的也是，不過選擇起來還真是難辦呢。」陸明睿聳了聳肩，「我尚且如此，你就更不用說了吧？」

石詠哲難得的在心中贊同了對方的話。

「啊……早知道學習子瑜就好了。」

「穆學長？」石詠哲敏銳的察覺到，這句話中似乎包含有什麼重要的資訊。

「嗯，聽說他打算明天約學妹一起去逛街，當然，不會明說。」陸明睿眨了眨眼，伸出手做了個「噓」的手勢，「大概是想途中看看她究竟喜歡什麼，最後再給學妹一個驚喜吧。」

「……為什麼要對我說這個？」他從頭到尾想說的就是這個沒錯吧？

「誰知道呢～」陸明睿笑咪咪的攤開手，「不過，如果是戰鬥的話，你不覺得勢均力敵比起單方面壓倒，要更加好看嗎？」比起眼前這位容易害羞、明明占據著最優形勢卻徘徊不前的少年，子瑜的確要狡猾多了，或許塵埃落定了某人還被蒙在鼓裡呢！

不過，話又說回來，直覺告訴他，學妹雖然看起來平易近人，但真正接近了，或許會發覺她才是真正「可望不可及」的高嶺之花也說不定。

這樣看來，作為「觀賞者」的他比作為「摘花人」的其他人，的確要輕鬆多了，也快活多了。

沉默片刻後，石詠哲再次開口：「學長。」

「嗯？是想對我表達感謝嗎？」

「不，我是想說，如果附近沒其他人，我一定會毫不客氣的揍你。」石詠哲一邊說著，一邊微微湊近對方，聲音雖低，從其中透出的氣勢卻凜然無比，「她不是你這種人可以拿來取樂的玩具。所以，給我離她遠點，否則……」

就在此時，一陣風拂過，院中的小樹微搖，枯黃的葉片在發出一些輕響後，就那樣自枝頭飄落，這些聲音將少年的最後一句話語盡數遮蔽。

除了當事人，或許無人知曉他們究竟說的是什麼。

陸明睿注視著這位學弟離去的背影，嘆了口氣：「哎哎，被激怒的傢伙還真是可怕。」又回想了一次對方剛才的眼神與言語，他才後知後覺的發現自己的背脊居然有些濕潤，這是身體本能做出的反應。

——該說不愧是……嗎？如果真得罪了他，後果還是很嚴重的。

——真是大意了。嗯，以後要更小心點才行。

——不過，明天……

「熱鬧還是要看的！」

第三章

勇者就是要裝病

而另一方面，別看某人「欺負」同性無壓力，看起來很有幾分酷跩總裁的氣勢，但一關於自家小青梅，他是完全沒辦法好嗎？

——嗯，究竟該怎麼辦才好呢？

直到下午回到家，吃完晚飯，洗完澡，躺倒在床上，石詠哲還在為這個問題深思著。

「哎……」X2

為啥是「2」呢？

石詠哲滿頭黑線的扭頭，果不其然看到一隻白貓正趴在自己的枕邊，深深嘆息。牠看起來比之前要憔悴了不少，當然，絕不能說是瘦。

但即便如此，他家老媽還是非常擔心，甚至直接把牠提到獸醫哪裡去看病，結果醫生也沒檢查出個所以然，只是模稜兩可的說「大概冬天到了……」，貓壓根不會冬眠好嗎！

那麼布拉德為啥這麼消沉呢？

「艾斯特大人……你究竟在哪裡……」

石詠哲：「……」這就是所謂的「衣帶漸寬終不悔，為伊消得人憔悴」嗎？總覺得……一點都不感動！

就在這時，房間的門被推開，一條白色的大狗旁若無人的走了進來，順帶用一隻後腿將門踢上，而後走到床邊，俐落的往上一跳，找了塊軟乎的地方，閉上眼睛就「ZZZZZZZZZ」睡了起來。

石詠哲：「……」

這群傢伙真的夠了，到底把他的床當成什麼啊喂！晚上一翻身就會壓到貓狗，或者被貓狗一翻身壓到的日子真是夠了！

所以他毫不客氣的伸出腿往薩卡身上踢了踢，「給我去你的狗窩睡！」

因為這傢伙深受石叔「寵幸」的緣故，所以有一個超級豪華的狗窩，問題是這傢伙不愛狗窩就愛爬床，天知道是什麼破毛病！

「……」白狗翻個身繼續睡。

「喂，別裝死，我知道你聽得到！」再踹。

「……」白狗繼續翻身。

「我說你啊……」石詠哲坐起身，打算直接把某犬丟下去。

就在這時，長著一身捲毛的白狗懶洋洋的睜開了雙眼，猩紅的眼神瞥了眼自家小夥伴，不知為何很有幾分犀利之感的說：「夥伴，心情不好也不要拿我出氣呀。」

「誰拿你出氣啊！」

「我都明白的。」白狗點頭。
「……你都明白些什麼啊？」
「像你這種青春期少年，心情不好的原因也就那麼幾個——要麼被妹子甩了，要麼聽說其他小夥伴早上起來都要洗床單，就你沒……」
「你給我夠了！」
白狗肯定的說：「看來是前者了。」
「……你到底是怎麼判斷出來的。」石詠哲無力的扶額。
「居然真的是前者啊？」白狗把肉墊抵在嘴上，嗤嗤笑了出來，「還真是好騙，也難怪泡不到妹子。」
「……」
薩卡突然瞪大眼睛，驚恐的叫了出來：「我錯了！我錯了！拜託你不要從陽臺上把我丟下去！啊啊啊！救命！」
石詠哲滿頭黑線，「……我還什麼都沒做呢。」
「我只是體察到了你的意圖，所以提前叫一下。」眼睛耷拉回死魚眼，「反正你最終也是要放過我的，所以就別教訓我了。」

「……」石詠哲默默捏緊拳頭，「不，我突然更想揍你了。」

「喂喂喂，少年，你冷靜點，衝動是魔鬼，魔鬼！」白狗努力爬起身，肉墊拍了拍床，一副輔導老師的模樣說：「這樣吧，你把煩惱說出來，就讓薩卡大人我幫你解決好了。」

「……再見！」相信牠才怪呢！

「不肯說嗎？那就再讓薩卡大人我猜測一下好了。」白狗彈出爪子撓了撓下巴，「莫非是妹子她有男人了？」

「……」

「那他早就跳樓了。」白貓有氣無力的回答，「我看八成是妹子被男人約走了吧？比如明天是週日……」

「你怎麼知道？」驚！

薩卡：「看來是真的啊。」

布拉德：「嗯，是真的。」

合唱：「單身一輩子的節奏～」

「……你們夠了。」

「真是的，這種小事有什麼好煩惱的。」薩卡無聊的打個哈欠，「不是很好解決嗎？」

「哈？」

「如果你求我的話——」牠慢條斯理重新趴下，「我可以考慮告訴你。」

石詠哲沒有回答，只是默默打開了床頭的抽屜，從裡面的工具套組中找出一個小榔頭。

「……我知道了！」白狗咻的一聲跳下床，而後跑到陽臺，大喊出聲：「魔王陛下、魔王陛下，不得了了，勇者大人得了重病！危在旦夕了啊啊啊！」

「等……」石詠哲連忙想要喝止那個成事不足、敗事有餘的傢伙，可惜已經太晚了，因為他清楚的聽到了女孩跑到陽臺上的腳步聲。

——該、該怎麼辦才好？

「笨蛋！」布拉德跳起身，一個飛踢就把他踹翻在了床上，「還不快躺著。」說完，牠叼起被子，快速的蓋在石詠哲身上。

幾乎牠才剛做完這動作，莫忘便跑進了房內，加持了敏捷的她速度可不是蓋的。

「阿哲！」她快速跑到床邊，一手就摸到了石詠哲的頭上，「你怎麼了啊？」對於薩卡的話，她其實是不太信的，重病、危在旦夕什麼的，怎麼想都太誇張了好嗎？白天她的小竹馬還好好的呢！

但同時，她又覺得他可能是真的生病了。

石詠哲心跳加速，冷汗直冒，「……」這讓他怎麼回答才好？

「你頭怎麼都在冒汗啊？發燒了？」莫忘越加擔心了起來，她彎下腰湊近問道：「量過體溫沒有？」

石詠哲更加緊張了，原因無他，此刻兩人的呼吸幾近可聞，這個……這個距離……太危險了吧？彷彿頭只要稍微仰起一點，就可以……可以……咳……

「阿哲你……你汗怎麼流得更厲害了？」莫忘驚了，「而且臉好紅……石叔、張姨知道嗎？我去——」

「別！」石詠哲連忙從被中伸出手，一把抓住莫忘的手腕，裝病這回事能瞞得過她，肯定瞞不過自家爸媽啊！要是被知道了……肯定會被嘲笑好幾年的好嗎？絕、對、不、要！

「可是……」

「我、我沒事的。」說著，他一把捂住胸口，猛地咳嗽了幾聲，「咳咳咳！咳咳咳！只是稍微有點發燒，我已經吃過退燒藥了，否則怎麼會流汗嘛，咳咳！咳咳咳！」總算似乎把話圓回來了……

「你發燒……為什麼會咳嗽啊？」莫忘疑惑的問，「而且，你捂心口做什麼？是還有哪裡難受嗎？」

「……」蒼天啊！大地啊！誰來告訴他究竟該怎麼裝病啊喂！

趴在床腳邊的薩卡默默用肉墊捂住嘴，再次陰惻惻的笑了起來：小子，你居然敢踹薩卡大人下床？知道痛了吧！哼哼哼哼！

「果然還是去叫……」莫忘一邊說著，一邊微微轉動手腕，想要讓對方鬆開手。

「我沒事的！」一著急，石詠哲的手握得更緊了，再稍微那麼一用力，就把人拉翻了。猝不及防之下，莫忘就這樣隔著被子結結實實的壓到了石詠哲的身上，腦袋更是撞上了某人的下巴。

「……」

「……」

石詠哲的第一想法是：糟糕！又犯錯了！救命！

而莫忘的第一想法是：咦？這傢伙力氣還挺大的嘛，看來問題應該不嚴重。

「嘶」的一聲後，莫忘捂著腦袋抬起頭，與小竹馬對視了一眼，發現對方居然擺著一副目瞪口呆、天崩地裂的表情，忍不住噗的一聲笑了出來，「喂，你燒傻了啊？」

「……啊？」他呆呆的看。

——她離我好近……好近……好近……

——她趴在我床上……床上……床上……

——她窩在我懷裡……懷裡……懷裡……

——她……啊啊啊啊，不能想下去了！

眼看著再這樣下去體溫又要飆上新高，可能會引來「狼爸」和「狼媽」，石詠哲深吸了口氣，努力抑制住那些亂七八糟的思緒，結結巴巴的說道：「我……我我我我我真的沒事，妳妳妳真的不用擔心。」

「哦，那就好。」莫忘點了點頭，放下了一半心，緊接著又好奇了，「你身體不是很好嗎？怎麼突然就生病了？」

「大、大概是回來時吹了風，著涼了吧？」

「這樣啊……」莫忘點了點頭，畢竟人有旦夕禍福，身體再好也不可能不生病，「所以說你不要仗著自己體溫高就總是穿得這麼單薄啊！看，現在知道教訓了吧？」

「……知道了。」千萬別養一些不可靠的寵物！因為牠們隨時會坑爹！

「真是……」莫忘嘆了口氣，坐直了身體。

石詠哲察覺到她似乎想要離開，忍不住問了句：「妳去哪裡？」不會就這麼把「生病」的他丟在這裡吧？他家小青梅怎麼會這麼無情！

「還用說嗎？」莫忘再次嘆了口氣，「我去弄點水幫你擦擦頭上的汗啦！」說完，她站起身走入自家竹馬臥室中附設的浴室。

聽著那隱約傳來的水聲，石詠哲長長的鬆了口氣，不管怎樣，總算是糊弄過去了。

就在此時，他看到床邊伸出一隻白色的肉墊，其中的大拇「爪」豎了起來，「少年，做得好，我刮目相看了！」

布拉德則一臉憂鬱的再次轉過頭，「秀恩愛，分得快。艾斯特大人……你在哪裡……」嚶嚶嚶嚶，好想和艾斯特大人秀恩愛啊！

石詠哲：「……」真是夠了，如果不是這兩傢伙認識回家的路，他真想直接把牠們丟了！

「阿哲，哪條毛巾是你洗臉的？」

「白色的。」

不過片刻，莫忘便重新走了回來，手中端著的臉盆中兌好了溫水，白色的毛巾浸泡在其中。她把臉盆放到床邊的桌子上，伸出手擰乾毛巾，彎下腰一點點擦著少年額頭上的汗水，輕聲問：「你身上汗多嗎？要擦一擦嗎？」

「……啊？」不、不是吧，雖然小時候經常一起洗澡，但這種事情……也略羞恥吧？當然，咳咳咳，也略讓人心動……

「你要擦的話，我就先進浴室，你好了再叫我。」

「……」原來是這種「擦」法啊。石詠哲鬆了口氣之餘，又稍微有些失望，緊接著搖了搖頭，「沒事，我身上沒流什麼汗。」

「哦。」莫忘點了點頭，拿起毛巾搓洗乾淨後，再次擦了擦他的頭，輕聲說：「既然不用擦汗，那我去換成冷水幫你冷敷吧？」

「不、不用了，溫水就可以。」換成冷水說不定真會感冒的喂！

「你確定？」

「嗯，確定！」

莫忘看他那麼堅持，也就沒有反對，畢竟在各種常識方面，對方都是強於她的。

她將毛巾重新擰乾後，放在石詠哲的額頭上，順帶拿起一旁他換下的外套，穿在自己的身上，「好，你睡吧。」

看著嬌小的她穿上自己大大的外套，石詠哲沒來由的喉嚨乾，「……那妳呢？」

「我當然陪在這啊！」莫忘理所當然的回答道，「安心睡吧，我會好好陪著你的。」

「……」不，他可能要失眠整晚也說不定。

事實證明，石詠哲真的非常瞭解自己。

沒錯，他真的失眠了。

當然，這是很正常的事情，自己心愛的女孩大晚上的不睡覺，跑到他床邊坐著，能睡著才怪吧？但悲劇之處就在於，這件事是那些坑爹的小夥伴和他一手造成的……

他翻過來……他滾過去……

「喂，頭上的毛巾要掉到床上了哦。」

女孩無奈的聲音從他背後傳來，然後是一聲輕響，似乎她站了起來。下一秒，石詠哲察覺到額頭一輕，那條熱度逐漸散去的毛巾被人拿走，緊接著，臉盆中的水聲響起。

莫忘彎下腰把竹馬的身體扒拉回躺姿，再將毛巾往他額頭上一放，問道：「睡不著嗎？」

「……嗯。」

「這樣嗎……」她歪頭思考了片刻，而後如同意識到了什麼般，伸手按下床邊的開關。卡嚓一聲後，房中的燈光滅掉了。

「妳做什麼？」石詠哲一緊張，雙手就握住了被沿。

「……我能對你做什麼啊？」莫忘相當無語，這傢伙一副「即將被非禮的小媳婦」樣是鬧哪齣啊？難道人生病了就會變蠢嗎？算了，她要體諒病人才可以。想到這裡，她放柔了聲音：「關掉燈你才好睡覺啊。」

「……」不，只會讓人更緊張好嗎？

三更半夜……

孤男寡女……

漆黑一片……

乾柴……咳咳咳……這個似乎沒有……

「好了。」莫忘把椅子往床邊拖了拖，伸出手彈了下少年的鼻子，「睡吧，有我在這裡，什麼都不用擔心。」

「……嗯。」石詠哲默默的縮下了抓住被子的手，緊接著，他心中突然浮起了這樣一個念頭，「如果……」

莫忘低頭看他，「什麼？是有什麼想要的嗎？」

他在被中一點點的捏緊手，有些猶豫的問：「如果……我的病到明天都還沒好，妳……打算怎麼做？」還會和那個小白臉一起出去嗎？還是像現在這樣陪伴在他身邊？

「哈啊？」莫忘愣了一下後，很無語的說：「大哥，那還用說嗎？肯定是趕緊送你上醫院啊！」吃了藥休息一晚都還在發燒，怎麼看都搆得上就醫的標準了吧？

「……妳陪我去？」一直陪在他身邊嘛？

「當然啊，你不是不想勞煩石叔和張姨嗎？」莫忘以一種「理所當然」的語氣回答著，緊接著皺眉，「你……是不是燒出什麼問題了？不然我還是現在帶你去醫院吧？」反正她加持了敏捷和力量，直接抱著他一路飛奔到醫院也花不了多少時間，說不定比開車還快呢。

石詠哲滿頭黑線，「沒有啦！」他那麼多的糾結，在她看來就是腦袋燒壞了的表現嗎？真是……讓人太憂傷了喂！

「真的？」她懷疑的看向他。

「……我睡了！」他轉過身一把扯起被子。

莫忘鼓了鼓臉，這傢伙又在鬧什麼彆扭啊？自己犯蠢還不准別人說？算了，她不和生病的人計較！

不過……關了燈後的房間，可真安靜啊。

她深吸了一口氣——冬季夜晚的空氣似乎都帶著某種寒意——又緩緩吐出，目光藉著自窗戶射入的月光環視著少年的房間，和她的臥室不同，這裡充滿了「石詠哲」的氣息。

——嗯，某種更充滿生命力的感覺。

不過，比她的可亂多了哼！

她不由得又想起湯表姐說的話：「青春期的少年大部分都像發了情的公狗一樣，只知道把一切都蹭得亂七八糟。」

這個……咳，這話聽起來似乎是不太好聽，因此當時她只能乾笑連連，但怎麼突然就想起了呢？果然還是忘記比較好吧！

——不過，真的好安靜啊。

——好無聊……環境一黑下來果然容易……

——不行！

有些犯睏的莫忘重新打起精神，她可是要陪伴病患的人，怎麼能犯睏？換毛巾換毛巾！之後，她不知道又換了多少次毛巾，還重新去浴室接了一次溫水。直到……側身而躺的少年敏銳的發現女孩已經有一段時間沒動過了，他小心的轉過身，果不其然看到她正閉著眼打瞌睡，雙手夾在雙腿並緊的縫隙中，身體微微蜷縮，小腦袋一點一點，看起來又可憐又可愛。

這種情況下，坐姿怎麼可能保持平衡呢？不過片刻，她便無意識的朝前方傾倒。在過去的幾次，女孩就是這樣從瞌睡中醒來的。

石詠哲連忙掀起被子坐起身，在莫忘倒下之前，將她穩穩的接在懷中。身體與身體碰觸間，發出了輕微的響聲。這一瞬間他的神經緊繃到了極點，害怕將她從夢中驚醒。好在莫忘只是就著他的身體蹭了蹭，彷彿久凍的人尋找到了什麼熱源，越加湊近的往他懷中縮了縮。

「……」

石詠哲的臉驀然漲紅，如果莫忘此時睜開雙眸，就可以在月光的照耀下清楚發現這一點。好在，石詠哲的運氣不錯，莫忘並未清醒過來。

他深吸了一口氣，努力壓抑住怦怦、怦怦響個不停的心臟，生怕這聲音會把她吵醒。

——這種時候，應該把她送回去吧？

——但又……捨不得。

——這樣的想法是不是太自私了呢？

石詠哲陷入了強烈的掙扎之中。

最終，他嘆了口氣，下定了決心。

不管他心裡怎麼想，她是個女孩子，大半夜待在這裡總不好。本身騙她就已經不對了……再趁人之危實在是太過分了。

雖然心中「留下她」的想法無法散去，但理智已經悄然打敗了衝動，把它深深的壓在內心底部，暫時這個戰敗者是無法翻身了。不過還是要快點行動才可以，否則後果不堪設想。

石詠哲手臂微微用力，直接將莫忘抱在了懷中，隨即腳丫子就著月光套上地上的拖鞋，想要站起來。

就在此時，莫忘突然睜開了雙眼，迷迷糊糊的喊道：「阿哲？」

正在站起途中的石詠哲直接被這聲音嚇了一跳，「啊」的一聲輕呼後，腳底一滑，整個人就翻倒在了床上。莫忘也因為這動作，以壓著石詠哲肚皮的姿勢趴倒在床上，片刻後，睏到了極點而萬分遲鈍的她才後知後覺的發出了一聲「啊？」，但幾乎是同時，就被軟乎乎的被子所吸引了——瞌睡者對於被子的抵抗力毫無疑問是零。

只見她伸出手一把抓住被子，而後身體往旁邊一滾——嗯，沒東西磕著她了，舒服了。

「ZZZZZZZZZZ……」

「……」

被當成阻礙物的石詠哲深感無語的掀開被子，從裡面扒拉出了那一顆「圓球」，伸出手輕輕拍了拍她的肩頭，「喂。」

「……」

他繼續拍她，「喂，小忘。」

「……」

「別在這睡，我抱妳回去好不好？」

「……」

「我……」

莫忘突然低喊了聲：「閉嘴，石詠哲！」

「……」清醒了？

可是她眼睛卻沒有睜開。

「……」沒清醒？

莫忘突然翻了個身，吧唧了兩下嘴，輕哼了聲：「……我想吃多少就吃多少，才不會變豬呢……」

「……」喂喂。

她再次翻身，「你才該吃蔬菜……」

石詠哲默默扶住額頭，這傢伙到底是有多介意白天時的事情啊？以及……她到底是有多討厭蔬菜喜歡肉啊？再這樣下去會真的變成一顆球哦！

不過，那樣的話……

他盤腿坐在床上，用肘部撐在膝頭的手一邊托腮、一邊想道：那樣的話，大概就沒人和自己搶了吧？某種意義上說，這樣似乎也不錯。要不要從明天起努力餵食呢？

——算了，現在想那麼多也沒用。

他再次伸出手扒拉扒拉幾下，把莫忘的頭挪到了枕頭上，幾乎是一觸到它，她因為「被挪動」而微皺的眉頭就鬆開了，看樣子是很舒服。

「都這樣了，還說自己不是豬。」

他小聲說著，順帶伸出手戳了戳她紅撲撲的小臉，動作很輕柔，宛如柔風拂面，沒給她帶來任何不適。

緊接著，石詠哲開始整理起被子。無意間，他碰到了某個冰涼的東西，被驚了一下後，他才愕然發現——是她的腳。

如同一道驚雷閃過夜空。

石詠哲立刻就明白了這種情況的原因，他連忙摸了摸她的小手，發現是溫的，才微微鬆了口氣。

但幾乎是立刻，強烈的愧疚感湧上了心頭。

就因為那種自私的想法，讓一個女孩子大半夜陪在他床邊，這兩天雖然天氣不太冷，但時令畢竟已經是初冬了，她又只穿著睡衣，鬆鬆的披著他的外套，腳下踏著毛拖鞋卻沒穿襪子，不著涼才怪吧？

先前的那些緊張與甜蜜彷彿都化為了鞭子，一下下笞打著少年的心靈。他抿平唇角，小心的放下女孩的腳，又伸出手摸了摸她身上套著的大外套，果然滿是夜晚的涼意。

盡量輕柔的幫她脫去外套後，石詠哲彎下身，雙手握住莫忘的手，將它仔仔細細包在掌心，認真的在她耳邊輕聲說：「對不起，下次再也不會這麼做了。」

——可能傷害到妳的事情，一件都不會再做。

——嗯，想都不會再想。

話音雖輕，但似乎仍然驚擾到了女孩的睡眠，她再次皺起眉頭，毫不客氣的伸出手一拍，如同對付著嗡嗡作響的蟲子。

可憐的石詠哲就這樣被她拍得往床上一滾，等他齜牙咧嘴的爬起來時，除蟲成功的某人已經再次心滿意足的睡著了。

他：「……」喂喂，這算是及時到來的報應？臉都快被「啪啪啪」打腫了。話說她的力氣什麼時候變這麼大了？和那小胳膊小腿完全不相稱好嗎？拜託千萬別繼續發展了！否則……他為自己的男性自尊掬一把同情淚。

——不不不，現在不是想這些的時候。

石詠哲揉了揉臉，重新爬回了床中央，暖乎乎的大手伸入被中，微紅著臉的捉住了莫忘的腳丫子，將其包在掌心。

——總被她說成「小太陽」什麼的，現在總算發揮了點「日光」的作用。

恍若是察覺到了腳邊的溫度，莫忘小巧滑膩的腳丫子動了動，越加湊了上去，努力汲取著「暖袋」上的暖氣。

「……笨蛋，別亂動啊。」一臉更紅了幾分的石詠哲輕聲嘟囔了句，不過也多虧這個，身體的溫度似乎又燙了幾分，把她焐得很滿足。

時間彷彿都靜止了下來。

在這樣一個寂靜的夜晚，夜色卻並不陰暗，有月光在窗邊來回徘徊，不得進入的它似乎很是著急，一把就將那潔白的輕紗拋灑了進來，白紗凌亂無比的落在房中的各個角落，更有幾寸柔柔的落在她的臉上。

皎潔的光芒中，女孩的容貌看起來格外柔和美好，朦朧間甚至給了少年一種「虛幻」的錯覺，好在掌心中的觸感是實實在在的。

是的，她是真實的，不會化為泡影消散無蹤。

就在這樣一個夜晚，喜歡的女孩毫無防備的躺在自己的床上。

她枕著他的枕頭。

她睡著他的床單。

她蓋著他的被褥。

均勻的呼吸噴灑在床上和空氣中，脈搏平穩的跳動。她睡得很熟，也很安心，完美的實踐了自己的諾言——陪伴在他身邊。

雖然方式稍微發生了一點轉變。

掌心中的小腳不知何時逐漸溫熱了起來，石詠哲知道，再過不久就該是放開的時候了，光是想到這一點就隱約……不，非常不捨。也直到此時，他才發覺它柔柔軟軟的，摸起來就像上好的綢緞，滑潤到了人心裡，撓得心尖處直癢癢。

彷彿被這份溫度所觸動，又彷彿迷醉在了這迷離而美麗的夜晚中，石詠哲的意識漸漸模糊了起來。

徹底陷入迷霧前，他真心的認為，如果這個夜永遠不過去該有多好，哪怕再也看不到日光，也沒有什麼可遺憾的。

像現在這樣，就很好很好很好……再也沒什麼比現在更好的了。

第四章

當爸媽的就是會誤會

不知何時，石詠哲少年發現自己居然不知何時就倒在床上睡著了。而之所以發現自己之前睡著，是因為……他被叫醒了。

「阿哲！阿哲！！石詠哲！！！」

在莫忘持之以恆的呼喊中，石詠哲有些慵懶的睜開了雙眼，而後就看到小青梅跪坐在自己身邊，正用小手拍打著自己的臉頰。

「終於醒了啊。」莫忘鼓了鼓臉，看起來有些不滿，「你是豬嗎？居然睡得那麼熟！」

他這才發現房間中依舊是一片昏暗，怎麼看都是夜晚啊，於是回答說：「現在是晚上，睡覺是很正常的事情吧？」

她光明正大的回答說：「可是我不睏了。」

「哈？」

「你也不許睡！」

「喂喂……」像這樣任性真的沒問題嘛？但是，他覺得自己完全可以接受，甚至心甘情願的縱容。

不過，他又稍微有些想逗弄她，於是重新閉上眼睛，「可是我很睏。」

「……喂！」

他嘟囔說：「睡著了。」

「……你再這樣我揍你了啊！」

「……」不理人不理人。

「石詠哲！」拍打！

「……」不理人不理人。

「居然不理我？」女孩的聲音聽起來有些苦惱，「嗯，那試試看這個好了。」

——這個？哪個？

石詠哲瞬間好奇了起來，不過……她不會把他拎起來從樓上丟下去吧？應該……不至於吧？果然還是睜開眼睛比較好嗎？至少能保住一條小命。

糾結間，他突然察覺到有溫熱的呼吸噴灑在自己的臉上。

——是她？

——如果是的話……這究竟是想做什麼？

下一秒，女孩的動作揭示了一切。

有什麼柔軟的東西貼在了他的脣上。

被驚嚇到的石詠哲連忙睜開雙眸，映入眼簾的情形卻是他想都不敢想的——她濃密如扇的睫毛微微顫動，靈動明亮的眼眸正深深注視著自己，其中倒映著他，也只有他。更重要的是，她淡粉色的脣瓣正……正貼在他的脣上。

又微微蹭了一下後，莫忘才抬起頭，對他微笑道：「不裝睡了嗎？」

「……」張口間，石詠哲覺得自己的喉嚨乾渴無比，「妳……」

「我什麼？」她歪頭。

「妳……在做……什麼？」

「親你啊。」

女孩回答的話語是那樣順理成章，彷彿她所做的事情沒有任何奇怪之處，而驚訝的他反倒是有問題的那個人。

「……」石詠哲卻是真的被驚呆了，他無意識的嚥了口唾沫，喉結上下滑動，「妳……為什麼……要親我？」

「因為我喜歡你啊。」

「……」

她就這樣表情自然的把令人驚悚的話語一句又一句砸了出來，語不驚人死不休。

「阿哲，你真是個膽小鬼。」

「啊？」

她趴倒在他胸前，單手托腮說：「你不是喜歡我嗎？為什麼都不親我？」

因為她的動作而僵硬的石詠哲幾乎石化了。

——這個對話……這個對話……一定有哪裡不對吧？

「你怎麼又發呆了？」莫忘伸出另一隻手撫上他的臉龐，有些不滿的說：「還是說你不喜歡我？那我去親別人好了。」

「不許去！」他幾乎是下意識的說出了這句話。

而後就看到，她笑了。

那笑容中滿是狡黠的味道，她縮回手，撐起自己的身體，與他鼻尖對著鼻尖，很是得意的說：「我就知道，你果然喜歡我。」

「……是，我喜歡妳。」他就這樣毫無抵抗的豎起了白旗。

「那麼，你為什麼不親我？」話題以詭異的方式再次回到原點。她微直起身，用食指輕輕點著自己在月色下泛著迷人色澤的唇瓣，「是不敢？還是不想？」

「有區別嗎？」

她煞有其事的點了點頭，「有。如果是前者的話，我會鄙視你；如果是後者的話，我會討厭你。」

「……」

「你想親我嗎？」

「想。」

「那麼……」她湊到他耳邊低聲呢喃：「你敢嗎？」

石詠哲選擇了用行動來回答，他伸出雙手捉住她小巧的臉孔，渴望、急切且堅定的吻了上去。

雙脣相觸的那一秒，他彷彿看到無數朵美麗的焰火在夜空中綻放。

但此刻的他哪裡有什麼心思去觀賞風景？他只全身心的投入了這美妙的行為中。

她的嘴脣是那樣綿軟甜膩，像極了天空中的雲朵，又像是兒時品嘗的棉花糖，軟乎乎又甜滋滋的，怎麼吃都吃不夠。

而就像所有的糖果那樣，最美味的地方永遠是在夾心處。

一點點耐心的舔吮化了外面的糖衣後，他的舌尖終於觸到了深藏在其間的、那散發著讓人沉醉甜香的珍寶，如同採蜂人般迫不及待的以脣舌採擷著那甜美的蜜汁。

「唔……」

她發出一聲低吟，似乎在嗔怪他過於急切魯莽。他心懷歉意的注視著她的眼眸，希望能得到原諒，但同時動作卻分毫都停不下來，他不想停下，也停不下來。

對視了片刻後，女孩彷彿妥協了般，緩緩閉上雙眸，任由他將自己代入疾風驟雨般的熱烈親吻中。

不知過了多久，他才依依不捨的停了下來，感覺自己的唇舌都發麻了，呼吸也有些急促，卻依舊溫柔的含著她的唇瓣，怎麼都不願意放開。

她重新睜開雙眸，漆黑的眼眸柔和而依賴的注視了他一會兒，接著突然坐了起來。

「阿哲……」因為之前的「運動」，她的聲音有點嘶啞。

他的聲音同樣如此：「嗯？」

石詠哲想要坐起身來，卻被莫忘重新推回了床上。

「阿哲。」

「什麼？」

「喜歡你。」她一邊說著這樣甜蜜的情話，一邊抓起他的手，貼在自己的胸口，「最喜歡你了。」

「……」手掌與她的肌膚間，只隔著一層不厚的睡衣，幾乎能感覺到……感覺到……

「你是想說，我居然沒有穿內衣嗎？」莫忘再次狡黠的笑了出來，露出可愛的虎牙，「笨蛋，哪個女孩睡覺會穿啊？很不舒服的。」

「……」他喉嚨乾涸到幾乎說不出話來。

她手掌微微用力，讓他更貼近了自己幾分，認真的問：「你喜歡嗎？」

「……喜歡。」他毫無疑問地潰不成軍，無論身體、意志還是靈魂，都是如此。

「喜歡什麼？」

「喜歡妳。」

「喜歡我的嘴脣嗎？」

「……喜歡。」

「喜歡親我嗎？」

「喜歡。」

「喜歡像現在這樣觸摸我嗎？」

「……喜歡。」

「喜歡更近一些嗎？」

「……」石詠哲很想說這樣不對、這樣不好，本能卻先於理智的回答說：「喜歡。」

下一刻，他再次見到了女孩的笑容。

而後，她用另一隻手一點一點解開了睡衣的鈕釦。

「妳……」他覺得自己該說些什麼，卻又不知道該說些什麼。

在考慮出個所以然之前，她已經抓著他的手滑入了自己的衣中，真正毫無阻隔的貼合著那還未徹底綻放的花蕾。

她稚嫩的臉孔上綻放出一個近乎於豔麗的笑容，「我也喜歡。」

「喜歡你。」

「喜歡你的嘴脣。」

「喜歡親你。」

「喜歡你觸摸我。」

「喜歡你像現在這樣離我更近，還有……」她重新俯下身，手同樣順著他衣物的下襬滑入，「也想離你更近。」

她輕輕啄吻著他的鼻尖，又一路劃過臉頰，最終落在了耳邊，她用溫熱的舌頭一點點舔拭著他的耳廓，用熱情而濕潤的聲音低聲並堅定的說：「把我徹底變成你的，好不好？」

說完那句讓人心動不已的話後，女孩抬起頭注視著他，她的眼中倒映著皎潔的月光。

「……好。」發自內心的回答自少年口中吐出。

一切就那樣自然而然的開始了。

逐漸急切的親吻、緩緩褪去的衣物、熱烈抵死的糾纏以及……盡情染濕一切、讓人從心到身都濕漉漉一片的蜜液……

銀白月色下，女孩稚嫩而潔白的軀體恍若被蒙上了一層淡淡的白紗，看不太清卻更讓人有想要追尋的欲望，想要更加接近，想要完全占有，想要讓她像此刻這樣被他壓在床單上，如同溺水的魚兒般無力的掙扎跳起，滿是彈性的滑膩魚尾掃過他的腰間腿側，帶來一陣陣難以自禁的顫慄。

她的眼眸似星光明亮。

她的唇舌像烈火熾熱。

她的肌膚如綢緞滑潤。

她……

從未有過類似經驗的少年，在某一秒憑藉本能感受到了最快樂的時刻即將到來。

就在此時，一隻溫暖而濕潤的小手抓住了他的。

十指交纏。

他俯下身熱情的親吻她。

細碎的聲音被曖昧的水聲所隱藏。

「愛……愛你……」

「我也……嗯！」

突如其來的巨大快感在短時間內遮蔽了少年的全部感官，時間彷彿都靜止了，一切思緒也都被強制喊停。

待他終於從這極致的快樂中回過神來，卻驚愕的發現，一直緊擁在懷中的少女居然失去了蹤影……

★◎★◎★◎★◎

「小忘？！妳……啊！」

石詠哲於一片恍惚中，摸了摸腦袋，後知後覺的發現自己似乎是掉下床了？

啊，對，昨晚幫她暖腳，結果暖著暖著，就犯睏，然後倒在她腳邊睡著了……

幾秒鐘後，理智快速回籠。

而他的臉，也迅速漲紅。

之前的一切毫無疑問是個夢——身上的衣服還穿得好好的，而且……咳，正常情況下，她怎麼會……怎麼會做出……那種事情……

「真是……」

石詠哲很有點無力的吐槽，他扶著額頭，片刻後才想起自己不能老坐在地上，於是站起來。也直到此時，他才遲鈍的發現——雙腿間略奇怪。

這個……

那個……

咳！

作為接受過健康教育課程的男生，他當然知道這是什麼情況，只是早不來、晚不來，偏偏現在……

他站起身默默的掀起床單，絕望的再次捂住臉。

——果然還是去死比較好吧？

就在此時，莫忘微微側身，眼看著腳丫子就要蹭到那塊「地圖」上面……

他連忙眼疾手快的一把抓住她的腿，心臟如同坐上了時速八百八的列車，一路呼嘯而行，耳邊滿是「叮鈴鈴！超速！」的警報聲。

好在，她好像並沒有醒來的跡象。

石詠哲鬆了口氣，但又發現到哪裡不對……咳，在夢中，他就像現在這樣抓著她的腿，然後……等等等等，在想些什麼呢？！她的肌膚果然非常……停下來！小腿的形狀……真是夠了！

石詠哲淚流滿面的發現成長真是讓人痛苦的一件事，真的！尤其坑爹的是，男性壓根無法抑制生理衝動啊！(╯‵□′)╯┻━┻

他可不想被自家小青梅當成「變態」！

雖然……雖然他似乎已經是了。TAT

他深吸了一口氣，小心翼翼的把她的腳放到床上，如同放下了什麼包裹著百萬現金的重磅炸彈，而後……小心翼翼的扯起了床單。

衣服肯定是要換的，但問題是，萬一他洗澡的時候她突然醒過來，然後看到了床單……怎麼辦？

被認出，很糟糕。

不被認出……更糟糕好嗎？！

可以想見，她八成會跑去跟他那坑爹的爸媽說：「阿哲似乎尿床了！」

……被嘲笑的後半生隱約可見啊！

所以，床單必須一起扯走。如果她問床單怎麼不見了，就說……對，就說「因為妳流口水了，流了一大灘！」，她肯定會信的！因為小時候有前科，對，就這麼辦！

下定決心要「推卸責任」的卑鄙少年，於是像賊一樣的扯起了床單，好在昨晚熬了夜的女孩真的睡得很熟，完全沒有要醒來的跡象。

做完一切後，石詠哲擦了擦額頭上的汗珠。

將床單隨手裹成一團甩在腳邊，他轉過身打開衣櫥的門，找出一套新睡衣，心中想著：這些東西不能讓老媽洗，最好自己洗好，然後……對了，去小忘家直接烘乾，理由就說「想被我媽知道妳在我床上流口水了嗎？」，她肯定會答應並且保密的。

——對，就這麼幹！

不知不覺間，石詠哲似乎在「卑鄙無恥」的道路上行走的更遠了。

這樣……真的沒問題嗎？

但不得不說，想好了一切後續的少年真的是放下了一大半的心，一直加速的可憐小心臟終於可以休息，恢復成正常的步調。

然而——

「臭小子你……」

伴隨著這樣的一聲，臥室的門被推開了。

石詠哲：「……」

張姨：「……」

深知兒子愛賴床的張姨，最先看向的就是床，然後她驚呆了！

——上面躺的不是我家傻兒子啊！

——上面躺的是隔壁家的小忘啊！

——我家兒子不可能這麼厲害！

——對了……兒子在哪裡？

張姨一轉頭，就看到了自家目瞪口呆的蠢兒子，再一低頭，就又發現了被他捲成一團的床單。

一切似乎盡在不言中……

她非常犀利的看向自家兒子的下半身，石詠哲一個緊張，連忙用雙手遮住，但這似乎又成為了某種明證。

張姨默默扶住額頭，虛弱的轉身飄走：她家兒子不是被什麼奇怪生物附體了吧？怎麼會變得這麼強大？不科學啊……不科學啊……

石詠哲：「……」

——媽！等一下！一切不是妳想的那樣啊！

——真的不是妳想的那樣啊！！！QAQ

就在此時，床上突然傳來「嗯……」的一聲，女孩似乎即將醒來。

石詠哲大驚之下，連忙抱著找出的衣服和床單跑到了浴室中，裡面很快傳來了嘩啦啦的水聲。

他先處理完床單和褲子上的「重點區域」，完畢後就將它們泡在水中，做出一副「待洗」的假象，待會塞她家洗衣機……話說，真的還有必要嗎？QAQ

算了，還是索性都洗了吧……

洗刷刷！洗刷刷！

約一個多小時後，石詠哲精疲力盡的回到臥室。好在從很早以前起，他的貼身衣物都是自己處理——具體是什麼時候他也記不清了，反正就是看到老媽洗自己的內褲時，突如其來察覺到了羞恥，所以浴室裡也有著洗衣用品，否則……呵呵呵呵！

而更讓他覺得憂鬱的是——直到晾好衣服，他家小青梅都沒有醒過來。所以說，他那麼匆忙到底是為了什麼啊？

石詠哲滿心無語的拿起脖子上的毛巾擦了擦還有些濕漉漉的頭髮，頹廢的坐在床邊，深嘆了一口氣後，彎下腰，雙手撐住額頭，做出了個相當憂鬱的「人生輸家」的姿勢。

到頭來，被坑的人還是只有他啊！

她依舊一無所知。

而他……壓根沒辦法直視她了好嘛？連回頭都做不到。因為……哪怕是最普通的凝視，腦中都會情不自禁的重播出昨夜夢中的情景，這可真是……真是……啊啊啊！怎麼又在想了？！停下來！他可不想再洗澡了！

「可惡！」他低聲的抱怨著。

然而，出乎他的意料，背後突然傳來了這樣一聲：「……什麼？」

「！！！」

石詠哲再次驚呆了，為啥她偏偏在這個時候醒了過來啊？好歹給他一點時間調整情緒啊！現在想來，萬聖節舞會那天她穿的衣服還真合適——惡魔！專門讓人被坑得死去活來又欲罷不能的小惡魔！一切情緒都由她操控什麼的，真是太悲劇了！但明知如此，卻依舊停不下來……他自己也真是夠白痴了。

「阿哲？」

有摩擦聲傳來，莫忘似乎坐了起來，懶洋洋的打了個哈欠後，一臉疑惑的問他：「你剛才說什麼？」

石詠哲依舊不敢抬頭，更不敢轉身，「……沒、沒什麼。」

「哦……」

好在她也沒有深究的想法，但緊接著，疑問再次出現。

「咦？床單呢？咦？你怎麼洗澡了？頭髮還濕漉漉的……大哥，你還在生病好嗎？！」

莫忘真是滿心無語，是不是所有蠢蛋都不在意自己的身體啊？真是讓人操心。

才剛醒來的女孩裹著被子蹭到少年身後，伸出手拿起他脖上的條紋毛巾，按在了其腦子上。而少年幾乎是下意識的就想躲開，彷彿她身上有著什麼會讓人完全失去理智的病毒，不遠離的話就會被全身心的吞噬。

「別亂動啊！」

這種時候，力氣大的優勢就全部展現了出來。

雖然艾斯特離開時把水晶球也一起帶走了，但只加持了初級力量的女孩也足夠擺平毫無防備的勇者少年了，她只用單手就把某人的腦袋結結實實固定在了原地，另一手抓著毛巾一頓猛擦，最終嘮嘮叨叨：「你是蠢蛋嗎？想變成重感冒嗎？真這樣的話我可不會管你了，絕對會告訴石叔和張姨啊，你……」

而石詠哲，就像這樣聽著莫忘的絮叨，不知何時緩緩放鬆了。

這樣的她，還是一直以來的她。所以，並不是她出了問題，而是他……他自己的心緒失了衡。

——真可恥啊……

明明知道那是很正常的事情，但他的心中還是湧起了濃厚的羞愧，為那種難以啟齒的欲望，也為那強烈到了可怕程度的占有欲以及難以說出口的愛戀，還有……明知如此卻依舊無法說出，害怕一旦說出就會失去現在這種美好日常的……

——我果然是個膽小鬼啊！

越是喜歡，越是小心。

越是喜歡，越是戰戰兢兢。

就像站立在一座搖搖欲墜的獨木橋上，每時每刻心跳都在失序，無法真正的平靜，而前方則是一片迷霧，他猶豫著該不該跳過，或許穿過時所見的是令人心生喜悅的美麗花園，也可能是……讓人永遠絕望的萬丈深淵。

他想，現在的自己依舊沒有辦法下最終的決定，依舊貪戀著她在無防備情況下給予的濃厚溫情。

就如同此刻，她溫暖的手掌撫在他的頭上，用乾燥的毛巾一點一點擦拭著那些沾染在髮絲上的水珠。

再比如……

「我說，你還沒告訴我呢？為什麼要洗床單啊？」

「……」這個還是算了，他一點都不貪戀！

最終，石詠哲還是可恥的說出了事先準備好的理由。

「因為妳在我床上流了口水，還流到了我衣服上。」

「……胡說！」莫忘的手猛地頓住，「我我我才不會流口水呢！」

聲音聽起來就很心虛，很顯然，她也想起了小時候的囧事。

「是誰小時候還在我床上……」

「你給我閉嘴！」踹。

於是，少年就這樣悲劇的再次滾到了地上。

莫忘：「……」

石詠哲：「……」

「咳！」還是莫忘最先反應了過來，「你你你你沒事吧？」她怎麼一激動就踹了病人呢？真是太不應該了，八成又被扣魔力了吧。QAQ

「沒事才怪吧。」石詠哲很是無奈的爬起來，他家小青梅最近是越來越暴力了，這樣真的沒問題嗎？

「誰讓你說……」

「好吧、好吧，我錯了，床單和衣服的事我都不提了。」所以她也別提了啊！

她這才滿意：「這還差不多……」

石詠哲重新坐回了床沿，緊接著一條毛巾就飛到了他頭上，女孩的輕哼聲傳來：「你自己擦吧！」

「……」

「對了，你身體怎麼樣了？」能自己起床洗澡洗衣服，應該沒什麼問題了吧？

「嗯，沒事了。」大概是因為解決了「某件事」而放鬆的緣故，石詠哲一邊擦著頭髮、一邊自然而然的說：「妳可以回去了，不是約好要和那個小白臉……」話音戛然而止。

——糟糕！

少年的腦中再次響起了驚天的警報聲。

可惜，這次他的運氣並沒有之前那麼好，很快他聽到女孩疑惑的聲音：「你怎麼知道？」

「……」

「說話啊！」莫忘毫不客氣的一手勒住竹馬的脖子，「別想撒謊！」

「……」石詠哲想起昨天下的決定，微抿了一下唇，最終還是說：「我騙妳的，其實我根本沒生病。」

「哈？」驚訝過度的莫忘一個手重，直接把人掀翻在了床上，她索性趁此機會彎下腰一把抓住對方的衣領，咬牙說：「說！昨晚你為什麼要這麼做？！」

就在此時，房門又開了——

石詠哲驚呆了。

這一次，出現的不僅是張姨，還有石叔。後者之前出門購物，才一回來就被自家語無倫次的老婆抓住，得知了一些不可思議的內容。

他家兒子推人？

別開玩笑了，他算看透了，那蠢蛋就是被推的命。

當然，凡是老婆說的，就是合理的、存在的，必須來圍觀的。

於是他打開了門，再然後……

就看到自家笨蛋兒子用一種「怎麼會？死定了！」的目光注視著他們，而一無所覺的女孩正提著他的衣領，不停質問：「昨晚你為什麼要這麼做？為什麼？為什麼？！」

石叔：「……」

兩個答案：一，有誤會；二，這個不是他兒子。

鑑定完畢。

當然，逗逗蠢兒子是每個爸爸的樂趣。

於是，石叔臉上非常快速的浮現出了震驚、不可置信、膜拜萬分的神色，他深深的、深深的看了石詠哲一眼，而後低頭對自家老婆說了句「我們先出去吧」。果不其然，他家兒子的表情瞬間變成了「天崩地裂」，整個人好像都不好了。

石叔樂呵呵的關上了門。

——臭小子，不學好，敢嚇唬你媽媽，現在知道痛了嗎？

而自始至終，背對著門、沉浸在憤怒中的女孩都沒意識到什麼異常，直到發現某人似乎有「自殺」的傾向，她才緩緩鬆開手。

「喂……我又沒想殺你，你擺出這副死樣子做什麼呢？」

「……妳還是殺了我吧……」他再也不想活了。QAQ

「喂！」女孩真是滿頭黑線，她伸出手狠狠的拍了下他的肚子，「所以說，你到底為什麼要騙我啊？既然知道錯了。」

「……」

都到了這個時候，好像說什麼都不重要了，某種意義上說，石叔似乎還幫了自家兒子一把，因為在某種類似於失神的狀態下，石詠哲還真把實話說出來了。

「因為不想妳去。」

「啊？」

「囉嗦！」石詠哲轉過身，一把扯過被子蓋住自己的身體後，聲音自其中模模糊糊傳了出來，「不想妳和那個小白臉一起出去行不行！」

莫忘千思萬想，也沒想到自己居然能得到這種答案，這傢伙居然在意這種事嗎？所以說，他到底是有多討厭穆學長啊？

「喂！」她伸出手隔著被褥拍了拍人，「你是笨蛋嗎？」

「……妳才是笨蛋！」完全不明白別人在想些什麼的超級無敵笨蛋！

「……」拍！還敢頂嘴，太可惡了！

而後莫忘嘆了口氣，「我說你，是不是擔心太多了啊？」她覺得自己好像稍微有點理解他的想法了，就像之前看到他和其他女孩做朋友會稍微有點在意一樣，他八成也是一樣吧？

「我雖然很崇拜穆學長，但是不管怎樣，他不能和你比啊！」

「……」石詠哲心頭的烏雲驟然消失，陽光普照，心田中開起了一朵朵小花，「他不能和我比？」默默掀開被子。

「當然！」莫忘說話間，表情很自然，因為她說的實話嘛。她解釋道：「學長曾經幫助過我，所以我想回報他，但是，如果是阿哲你幫助我，我會立即接受，並且從來不會想著什麼時候要報答你，就是說……你明白我的意思嗎？」

石詠哲當然明白她想說的是什麼，所謂的親疏大概就是這麼一回事吧——對方為自己所做的一切，自己為對方所做的一切，都是那麼理所當然。回報？並不是不需要這種東西，而是自然的融入了生活的點滴之中，不需要刻意提起。

「所以說，你真的想太多！」既然已經開口了，莫忘索性全部說了出來。

「其實，我知道的……學長並不像外表看起來那麼溫和，而你和他有爭執，絕對不可能都是你的錯。」她或許並不敏銳，但至少足夠瞭解竹馬，「但是，就像我剛才所說的，他幫過我，不管有意無意，所以我想回報他，事情就是這麼簡單。你的擔心太多餘了啦！」

「他不懷好意！」

「……他能對我做什麼啊？」莫忘望天，「他打得過我嗎？」

「……」

正常情況下，沒人打得過她吧？

但問題是他總不能直說「那混蛋想泡妳」吧？萬一本來沒什麼，他一說出來就有了些什麼，那得多讓人吐血啊？！

「都說清楚了就別鬧彆扭了！」莫忘說著，再拍了拍竹馬，「真是的，你都這麼大的人了，怎麼還和小孩子一樣？」

「……妳怎麼跟我媽一樣。」

莫忘笑了：「啊哈哈，那正好，張姨是我的偶像！來，叫聲『阿姨』我聽聽。」

「……走開。」

「嘿嘿嘿嘿嘿……」

最終，穿著睡衣的女孩還是蹦蹦跳跳著走了。

並不是不想挽留，不過石詠哲心中很清楚，如果他強烈要求她「留下」或者「不許去」，她有七成的可能不會拒絕，但是……這樣的話，一方面他會愧疚，另一方面她會對那個小白臉感到愧疚。

既然如此，還不如讓她去呢！

早點還完那坑爹的「恩情」，早點和那個混蛋保持距離。

當然，他不可能就那麼放手不管。

如此想著的石詠哲火速跳下床，伸出手在床底摸索了片刻，很快便拖出一隻「死狗」，拍了拍，「給我起來！」

「ZZZZZZZZZZZ～」

「正好我今天想吃狗肉。」

「……好吧，你贏了。」白狗無奈的睜開死魚眼，「我什麼都沒聽到，什麼都沒聞到……咳咳咳，絕對不會告密的，你放心吧！」

「……」這就是所謂的「此地無銀三百兩」吧？

「我不信你的保證，不過——」石詠哲輕哼了聲，「如果讓我知道你透露了半點風聲，我就去偽造一張醫生的條子，再告訴老爸老媽你吃甜食過度，你應該知道後果吧？」

「……少年你真的是勇者嗎？卑鄙過頭了。」

「謝謝誇獎。好了，不廢話了，待會還要麻煩你幫我聞味道，作為報酬，我會買五塊蛋糕給你，草莓口味的。」

「十份！」薩卡默默抬起兩隻肉墊，爪子全部彈出。

「成交。」

「那我呢？」布拉德從薩卡的肚皮下面滾了出來。

「十袋小魚乾。」

「成交！」

「很好。」白貓深深感慨，「少年，你為了戀愛，真是下了血本啊！」

「……閉嘴。」果然還是滅口比較好吧？

★◎★◎★◎★◎

做好基本準備後，石詠哲快速換好衣服，興沖沖的跑出去吃早餐。然而，就在經過沙發時他才僵住，發現自己似乎忘記了什麼……

石叔看著他，意味深長的笑道：「真是了不起啊……」

「……」老爸！你真的想太多了！QAQ

石詠哲呆在原地，真是進退維谷。

就在此時，張姨走了過來，嗔怪的看了自家老公一眼，「好了，別逗他了。」雖說知子莫若父，但作為親媽，她也是相當瞭解自家兒子的，想通後就發現自己八成是想太多。

「媽……」石詠哲被感動了，世上只有媽媽好……

「好了，吃飯去吧。」張姨走過來拍了拍兒子的肩頭，「為了慶祝你長大成人，媽媽我特地為你煮補陽的羊肉湯。」

「……」老媽！別用這種淡定的語氣補刀啊喂！TAT

張姨繼續補刀：「話說床單什麼的都處理乾淨了嗎？要我幫你洗嗎？」

「……」

「你沒弄到小忘衣服上吧？」

「……」

「要不要我替你去道歉啊？」

「……」

「還有……」

「老媽妳夠了！！！」石詠哲淚奔而去。

夫妻倆對視了一眼，同時「噗」的一聲笑了出來。

——嗯，養個蠢蛋兒子真是好，哈哈哈哈哈！

「無良夫婦」對自家兒子的羞窘表示喜聞樂見。

而當石詠哲跑到餐桌前的時候，才發現所謂的「羊肉湯」是子虛烏有的，他家老媽果然在逗他。QAQ

同時，客廳中的石叔也感慨了：「蠢成這個樣子，能追到女孩才怪吧？」

「是啊，這孩子到底像誰呢？」張姨應和，「怎麼看都不像你的孩子啊。」

「也沒繼承到妳的漂亮。」石叔臉不紅心不跳的說著甜言蜜語。

「不會是抱錯了吧？」

「我覺得很有可能。」

「不過……」張姨一方面很開心自家兒子「長大」，另一方面又有些擔心，這萌發的意識會不會……

「不用擔心。」石叔搖了搖頭，笑著說：「雖然蠢，但也勉強算個老實孩子。」要是不老實的話，也不會讓他們這麼糟心啊！

張姨嘆了一口氣，「『老實』過頭了也不好。」

石叔的笑容更深，「越是喜歡，越是珍惜；越是喜歡，越是不敢輕易越過雷池。」

如果真正愛花，就應該明白——一朵花，該在最美好的時候綻放。

提前採擷往往會讓它過早枯萎。

真愛一個人，也就應該懂得忍耐與等待。

當然，忍耐過頭了，往往結局慘烈。比如他家傻蛋兒子，永遠頂著一張蠢臉，每時每刻都豎著「為他人作嫁衣裳」的 FLAG。

「哦？」張姨沉下臉，反問：「我記得你對我下手挺早的嘛，是因為不夠喜歡我嗎？」

這種危險邊緣的問題，怎麼可能難得倒「人生贏家」的石叔呢？只見他很自然的就回答說：「誰讓相遇時，妳正綻放在最美好的時節呢？再不快點把妳摘下來精心保存，我會後悔一生的。」

「哼哼哼，很有經驗嘛。」

「怎麼會？」石叔握住妻子溫暖的小手，貼在脣邊親了親，柔聲說：「哪怕這世上有千萬朵花，和我又有什麼關係呢？」將妻子的手放至心口，「我只願意把妳放在這裡。」

叼著麵包走到附近的石詠哲：「……」笨蛋夫妻不要大清早就秀恩愛啊啊啊！刺激死人了混蛋！

第五章

魔王就是要去電影院

夫妻倆用「肉麻」充分刺激了自家蠢蛋兒子後，又非常不厚道的把莫忘叫來吃飯。

石詠哲：「……」

——我的爸媽不可能這麼可惡！不可能……才怪吧！好吧，反正他們就是以欺壓我為樂，都習慣了……習慣了……習慣了……QAQ

今早石家的早餐是簡單的麵包煎蛋和蔬菜汁，不過「張姨出品，必屬精品」，簡單的食物依舊很美味，莫忘吃得很開心。

另一方面，張姨有點疑惑：「小忘，妳穿得這麼漂亮，是要出門嗎？」

沒錯，莫忘來的時候已經換好了衣服。其實她覺得張姨的說法有點誇張了，也沒有多漂亮啊，只是普通的藍色及膝裙，外罩白色毛線外套，穿著黑色加厚打底襪的腳上套著一雙剛到小腿正中的白色平底靴，白藍條紋的圍巾因為不方便吃飯，被她放在了家裡。

說起來，這套衣服還是張姨今年初春時送她的呢，這幾天的溫度和那時差不了多少，所以穿起來無壓力。

「嗯，要出門。」莫忘一邊往麵包上塗果醬，一邊非常老實的點了點頭。

張姨默默看向老公，石叔悲哀的對她搖了搖頭。

如果小忘是和自家蠢兒子一起，那麼後者早就開心得東西南北都搞不清楚了好嗎？現在哪裡有空吃飯？八成在騷包的選衣服。

「和同學一起出去？」

「不，是和一個學長。」因為心裡沒「鬼」的緣故，莫忘回答得很順暢。

「學長……男的？」張姨驚了，這個節奏……她默默扭頭看了眼自家吃飯不語的兒子，又擔憂的問：「你們這是去……約會？」

「咳！」莫忘被嚇得差點嗆到，連連擺手解釋：「不、不是啦！只是學長大概是有事找我幫忙？」她的語氣不太確定。

當然，這也不能怪她，因為某人當時壓根沒明說要做啥啊！

「那中午回來吃飯嗎？」

「應該不回來了吧。」莫忘看了下時間，現在都快早上九點了，再怎樣都不可能在十二點前回來啊。她笑著說：「所以張姨妳不用準備我的飯菜了。」

「那晚飯呢？」

「應該……可以吧？」莫忘又不確定了。這一次，她想了想才說：「唔，不然我下午打張姨妳的手機？」

「好，或者打家裡電話也可以，反正我今天不出門。」

「嗯！」

三兩口解決早飯後，莫忘禮貌的道別了兩位長輩，直接從石詠哲的房間蹦蹦跳跳回了自己的房間，拿起床上的圍巾圍好之後，順帶檢查一下髮飾有沒有鬆開。眼看著時間已經到九點，她連忙抓起剛才已收拾好的小挎包跑出家門。

幾乎在莫忘關上門的瞬間，石詠哲安靜的回到自己的房間。

薩卡深嗅了一下空氣，非常自信的拿起一隻肉墊梳理了下自己的捲毛。布拉德打了個哈欠，爬到白狗身上蹲好。

另一邊，紫髮青年與金髮少年對視一眼，「啪」的一聲就拍桌而起。

跟蹤什麼的是必須的！

於是，出門時兩組人就撞上了。

勇者隊：「……」

魔王隊：「……」

——這是什麼情況？！

就在尷尬間，少年背後的門突然打開，石叔默默遞了個小型望遠鏡給自家兒子，「我年輕時候跟蹤你媽用過的，清晰度不錯，也好攜帶，拿著吧。」

石詠哲：「……」

——老爸，你到底都對老媽做了些什麼啊！不會有什麼違法的手段吧喂！

石叔又拿出一本小冊子，「我寫的跟蹤心得，坐車的時候看兩眼，防止被發現，加油。」再拍拍兒子的肩，「雖然我一點都不看好你。」

石詠哲：「……」

——爹！你是我親爹！我們商量一下，別這樣行嗎？！

非常淡定的把「重要物品」交託給自家蠢兒子後，石叔抬起手朝格瑞斯與賽恩打了個招呼：「我家兒子就麻煩你們了，如果他做了什麼蠢事，別介意，隨便打。」

石詠哲：「……」

——爹！你真的是我的親爹嗎？

格瑞斯：「……」

——這真的是勇者的親爹嗎？真的不是魔界派出去的臥底嗎？

「好，交給我吧！」賽恩一拍胸脯，爽快的答應了。

格瑞斯：「……」

——大哥，你真的打得過人家嗎？！

「薩卡、布拉德，看好哥哥哦。」石叔伸出手摸摸一狗一貓。

「汪！」

——安心吧，看在你兒子口袋裡的錢的分上，本大人會盡力的。

「喵～」

——這蠢蛋怎麼看都沒希望泡到妹子，我就跟去湊湊熱鬧！

石詠哲：「……」

——突然覺得好像有人在說自己壞話，什、什麼情況？

就這樣，跟蹤N人組在一片烏雲密布中踏上了征程，道路是曲折的，前途……好吧，好像也不怎麼光明。

★◎★◎★◎★◎

此時的莫忘，已經坐上了前往市中心的公車。

約二十分鐘後，莫忘跳下了車，與此同時長舒了口氣，雖然是週末，不過因為時間還不算晚的緣故，公車上的人並沒有達到擁擠的地步。

她拿出包中的手機看了一眼，現在的時間是九點二十一分，離約定的九點四十分還有約二十分鐘，這時間可以讓自己從車站站牌這裡從容的走到約定地點。

不管和什麼人約好見面，莫忘總喜歡早到，她一直堅定的認為等人比被等好，而約了她的那個人……似乎也是如此想的。

兩人約見面的地點是某家速食店的門口，地點是莫忘提出的，因為她……咳，有點不太認路，而這間速食店因為就在車站站牌附近，難得的被她記住了。還未走到，莫忘就已經看到了某個熟悉的側影，她默默望天：學長到底是來得多早啊？

少年和她一樣，今天沒有再穿平時的校服，而是換上了一件米色的長風衣，將細腰長腿的優點完全顯露了出來。此刻他正雙手插在衣袋中，微仰起頭看天，不知在想些什麼，緊接著，他勾起嘴角，於淺笑間低頭，細碎的漆黑髮絲輕輕顫動，俊秀的外貌有一小半陷入圍在脖間的灰色圍巾中，只隱約可見。

不得不說，這一幕真心是非常動人的美景，不少往來的行人都情不自禁的放慢腳步，稍微欣賞了一下。

莫忘頓下腳步，撓了撓臉頰，不知道為何有種「還是不走過去比較好吧」的想法。恰在此時，少年似乎感覺到了什麼，側過了頭。

穆子瑜：「……」

莫忘：「……」

面面相覷了片刻後，莫忘乾笑著舉起爪子打招呼：「學長，你好早。」

「妳也很早。」

莫忘連忙客氣道：「不，你更早。」

「……」這是什麼詭異的對話模式？

莫忘：「……」她是不是又說錯了什麼？

穆子瑜注視著表情沮喪的莫忘，完全轉過身，有點無奈的說：「我又不會吃人，妳離我那麼遠做什麼？」

「啊？」莫忘這才發現自己還站在離對方不近的地方，連忙一路啪嗒啪嗒小跑了過去，急道：「抱、抱歉，我忘記了。」

穆子瑜看著快步跑來的女孩，莫名覺得她這樣做時充滿了可以輕易感染他人的活力，讓他發自內心的輕鬆了起來，這種感受……就是所謂的「喜歡」嗎？

似乎也不完全是糟糕的方面。

思考間，加持了敏捷的莫忘已經趕到他的面前，一個急煞車後，微紅著臉說：「學長，你等很久了嗎？」居然讓他等，真是不好意思啊。

「不，我也是剛到。」穆子瑜挑了挑眉，微笑著說：「原以為會再等一會兒，沒想到妳也來得這麼早。」

「我怕路上會出意外塞車，所以就早點出門。」早知道學長也會這麼早，她應該更早一些出來的啊。

「走吧。」穆子瑜側過身。

「啊？」

「請妳吃東西。」

「啊？」

穆子瑜嘆了口氣，回轉過頭說：「妳打算用『啊？』來回答我的每句話嗎？」

「啊？……不，我是說，我才剛吃過早飯。」所以說，學長到底叫她出來是做什麼啊？買東西給她吃？不不不，他沒這麼無聊吧。

「霜淇淋怎麼樣？」

「真的不……」

「麵包圈呢？」

「我真的……」

「糖葫蘆呢？」

「……好的，謝謝學長。」

對話間，莫忘隱約察覺到自己觸摸到了學長的另外一面，某種「不達目的誓不甘休」的固執心理，不知為何，這讓她稍微有些擔憂。她也不知道這種想法從何而來，也就沒怎麼想的將其拋到了一邊。

「給妳。」

穆子瑜很快的將一根大大的糖葫蘆遞到了她的手中，這類街邊的糖葫蘆與學校附近的不同，裡面包裹的不再是山楂或是蘋果，而是其他的水果，比如葡萄、橘子、小番茄等。穆學長給她的這串裡面則是一顆顆的草莓，看著紅豔豔的相當漂亮，但實際吃過的人都知道，這種草莓其實甜的很少。

「和妳很相配。」

「啊？……不，我是說，學長你說什麼？」

穆子瑜沒有回答，只是伸出手戳了戳女孩的頭頂，又點了點女孩的小挎包。

莫忘瞬間恍然，她今天綁頭髮用的是圖圖送的草莓髮圈，而挎包——她低頭注視著腰間毛茸茸的大草莓，略不好意思的笑了笑。為了緩解這種尷尬，她一口咬上糖葫蘆，嗯，果然不甜。

「好吃嗎？」

「啊？嗯。」她點了點頭，「好吃的，學長你不吃嗎？」

「唔，我忘記買自己的了。」

「呃……」莫忘愣了愣，她也沒想到自己能得到這種回答啊，連忙說：「那我去幫學長你買……」

「那這樣好了。」穆子瑜一邊說著，一邊彎下腰，就著女孩手中的木棒叼走了一顆紅豔豔的圓球。

「……啊？」

搶、搶食！

莫忘差點伸出一巴掌把面前的人拍飛，還好千鈞一髮之際她想起：這是學長，不是石詠哲……這是學長，不是石詠哲……嗯，不能打！再說東西本來也是學長買的，他吃很正常！

如此唸了幾遍後，她恢復了淡定。

然而，縮在不遠處的小竹馬則不淡定了：那個小白臉是在做什麼啊？那種色迷迷的舉動一看就不懷好意！小忘妳為什麼不揍他？為什麼啊？！

格瑞斯和賽恩默默的往旁邊縮了縮：嘖嘖，暴怒的勇者果然很可怕，這滿溢而出的滿是憤怒氣息的魔力……

薩卡與背上的布拉德對視了一眼：夥伴，憤怒之前，先向人家學習一下如何泡妹吧！

而在另一側，留著一條小辮子的少年放下手中的望遠鏡，輕笑了出來。

「子瑜做得不賴嘛。」

與此同時，成功「虎口奪食」的穆子瑜卻微皺起眉頭，「丟掉那根糖葫蘆吧，我帶妳去吃甜的。」

「啊？」怔愣間，對方已經拔走她手中的木棒，莫忘連忙一把將其扯了回來，「不、不用了，我覺得挺好的，真的！」彷彿為了證明般，她「啊嗚啊嗚」把整根糖葫蘆吃了下去，然後高舉起木棒，「看，吃完了！」

穆子瑜：「……」十秒鐘……

莫忘：「哈哈哈……」學長為什麼用那種奇怪的眼神看她啊？好像她是大胃王似的……好吧，剛才的表現的確像。TAT

「噗！」穆子瑜突然抱拳笑了出來。

「……」不管怎樣，笑了就好吧。

「妳是傻瓜嗎？」

莫忘呆住，「啊？」喂喂，為什麼要這樣說啊？

「別人的心意對妳來說，就是這麼可貴嗎？」穆子瑜再次俯身，抓住莫忘的下巴，「別動。」從口袋中拿出潔白的手帕，他輕輕擦拭著她的嘴角，「覺得丟棄東西就是丟棄了那份心意？」

莫忘注視著手帕上清晰可見的紅色痕跡，很不好意思的紅了臉，「我……我沒有想那麼多，只是覺得浪費不好。」

「我覺得也是。」穆子瑜點了點頭，卻沒有鬆開她，只接著問道：「那麼，如果把站在這裡的我換成任何一人，妳都會這樣做的，是吧？」

「……啊？」學長到底是想說……

穆子瑜又湊近了些，注視著她漆黑的眼眸，「是，或者不是？」

「……」學長的表情好認真……

於是莫忘同樣認真的思考了起來，而後認真的做出了回答：「嗯，是。」

「我明白了。」穆子瑜鬆開莫忘的下巴，然後站直身子，隨手將折疊好的手帕塞回衣袋中，說：「走吧。」

「……嗯。」總覺得學長好像有點不開心，錯覺嗎？她做了什麼錯事嗎？

與此同時，兩人一貓一狗鬆了口氣似的，把被他們壓在下面的少年放了出來。

石詠哲黑著臉「呸呸」了兩聲，吐掉嘴裡一不小心吃進去的土，「你們給我等著！」

兩人兩獸：「……」他們也是怕他一時衝動做出不好的事啊！

而另一邊，陸明睿摸著下巴，微嘆了口氣，「還以為子瑜會直接上二壘呢，真是高估他了啊。不，原本大概是有這個打算，不過臨時放棄了決定吧？唔……因為發覺自己在學妹心中並沒有那麼重要？嘖嘖，可憐的少年心啊……卡嚓！」他笑著說：「碎了。」

如果說最初只是稍微覺得有點不對勁，那麼此刻的莫忘就是察覺到了許多的不對勁。

「學長！」她快步走到學長的身邊，和他並肩前行。

「嗯？」穆子瑜應道。

莫忘仰頭問道：「你今天叫我出來，到底是為了什麼事情啊？」

「沒有事情就不能叫妳出來了嗎？」

「呃……也不是，只是……」

「只是？」

「不，沒什麼。」總覺得在學長的目光下什麼都說不出啊，好像一說出反對的話就會傷害到他似的，救命！這到底是個什麼情況？

「學妹。」

莫忘有點結巴的問：「什、什麼？」

「妳有什麼特別想去的地方嗎？」

「我嗎？」莫忘歪頭思考了片刻，「什麼地方都可以嗎？」

「當然。」穆子瑜微笑著點頭說：「不是說好了？今天妳把時間都給我，作為回報，我也會把自己的時間都給妳。」

「哈哈哈……」喂喂，穆學長不會是被魔界三人組附體了吧？說話肉麻兮兮的，「那可以去逛街嗎？」

「逛街？」

「嗯，那個啥……」莫忘撓了撓臉頰，「馬上不就是聖誕節了嗎？我剛好想買些禮物和卡片。」

「那麼……」穆子瑜歪了歪頭，似乎有些好奇的問她：「那麼我得到的，是禮物還是卡片呢？」

「都不是。」

「……」

「嘿嘿，是禮物加卡片。」成功「嚇唬」到學長讓莫忘得到了相當的滿足感，她緊接著說：「不過學長的禮物，我今天不會買哦。」

「哦？」

「要驚喜嘛，怎麼可以讓你知道。」

「那麼，給妳的禮物，我今天也不會買。」

「哎哎？」莫忘訝異地抬頭，「學長也會給我禮物嗎？」

「當然。」穆子瑜笑著說：「要不要先把我當成聖誕老人許願？」

「……學長你把我當成傻瓜了嗎？」

「有嗎？」

「絕對有！」莫忘鼓了鼓臉，「聖誕老人什麼的才不存在呢。」

「……」這一點倒是讓穆子瑜覺得不可思議，原本以為像她這樣的性格，會對此深信不疑呢。

「他是外國人，怎麼會跑到我們這裡送禮。」

「……」喂喂，重點在這裡嗎？

穆子瑜悲劇的發現，自己似乎再次沒跟上她的神思維。不過像這樣也不錯，至少能源源不斷的讓他察覺到新鮮感，也就不會那麼快……感覺到膩味吧？

無論如何，應該能陪伴他度過這段「奇怪」的時期——先是突如其來的對一位女性產生好感，接下來又是一位男性……相較而言，他還是寧可與前者接觸。

至少她並不讓自己討厭，並且對他有著相當程度的好感，雖然……明顯沒有達到某種標準。他已經陷入了半隻腳，她還在附近來回蹦蹦跳跳著，頂著無辜的表情無知的說「學長你怎麼掉下去了？」，真是讓人不愉快。

「嘶……」就在此時，莫忘突然打了個哆嗦。

「冷？」

「不，只是突然覺得一股惡寒，八成是有哪個壞蛋在背後罵我吧？」比如石詠哲那傢伙之類的哼！

「……」直覺還真是靈敏。

「對了，學長，你也有想買的東西嗎？比如送給陸學長之類的……」

穆子瑜果斷的回答說：「他就算了。」

「啊？」

「我和他不熟。」

「……噗。」莫忘捂住嘴。

「？」

莫忘連連搖頭，「不，只是覺得學長和陸學長的關係果然很好。」

遠遠看去，少年與女孩的確相談甚歡。

以至於陸明睿甚至對此做出了「漸入佳境」的評價。

相比於他，某個人真的是徹底不好了，兩人兩獸都難以壓制住他想要暴走的衝動——他想要衝上去，想要直接把那個小白臉拍飛，想要牽著她的小手手逛街……混蛋穆子瑜快給他滾開！

陸明睿的鏡頭微轉，落到了滿臉不愉快的石詠哲身上，喃喃低語：「嗯，還是別接頭好了，被揍的可能性高達八成。」

眾所周知，大部分的女性都有「逛街屬性」加成，哪怕再身嬌體弱易推倒的，在這件事上都會展現出超強的精神力和忍耐力；與此同時，陪伴在她們身邊的男性可以說是悲劇到了極點。

不得不說，穆子瑜的風度不錯，從上午九點半逛到中午十二點半，三個小時的時間他都面帶微笑，毫無怨言。當然，其實他心中非常嘆為觀止，看不出學妹在這件事上居然會發揮出如此強大的戰鬥力；當然，從另一個方面說，也看出了她心意的真誠——即使是最普通的卡片也要挑選再三，其中沒有一張重複，也沒有任何一張有瑕疵，而其上的圖案也往往有據可循。

比如說——

「圖圖很喜歡這隻兔子，不過我覺得牠的表情好賤。哇，好多，十幾張呢，學長你覺得哪張表情更可惡？」

「……」他能說全部都很可惡嗎？

再比如說——

「小樓不喜歡大紅色的東西，唔，這張如何？」

穆子瑜點頭：「不錯。」

「這張呢？」

穆子瑜再次點頭：「也不錯。」

「還有這張？」

穆子瑜不得不第三次點頭：「也可以。」

「……學長，你可以老實的說自己已經眼花了。」

穆子瑜徹底無語：「……」

再再比如……

「學長，你覺得……」

穆子瑜直接被那厚厚一疊卡片刺瞎了眼，「咳，學妹，妳不餓嗎？」

「哎？」莫忘後知後覺的看向店裡的鐘錶，「呀，都這麼晚了啊。」

「附近有家還可以的披薩店，一起去吃如何？」

「嗯，好呀。」莫忘從善如流的點了點頭，順帶問道：「學長，你覺得哪張比較好？」

「……都好。」

「唔，這張似乎不錯，這張也可以啊……」自顧自陷入自己的世界……

穆子瑜：「……」

旁邊一位青年很是理解的拍了拍他的肩頭，「少年，明白了吧？陪女人逛街就是這樣的感覺。」

「……」

「所以說，你何必這麼早就跨入這萬丈深淵呢？」青年搖頭感慨中。

「……」

「哎，你看看哪個比較好？」青年的女友在另一邊叫道。

青年扭頭回答道：「哪個都好。」

「你敷衍我？」

「怎麼會？只要是妳選的，我都覺得漂亮得不得了，難以抉擇啊！」

「哼，只會花言巧語。」女友喜孜孜繼續選。

「看到沒？」青年再次拍穆子瑜的肩頭，「女人是要靠哄的，比起實話她們其實更愛聽甜言蜜語，學著點吧。」

「……」

「過來付帳了。」

「哎！來了！」跑走前，青年還囑咐了句：「當然，和女朋友逛街最重要的一點是——飯可以不吃，但錢包一定要帶好！你以後就明白了，加油！」

即使是穆子瑜，也不禁有想要扶額的衝動，這傢伙到底是做什麼的？

就在此時，莫忘也終於選好了東西，她提著塑膠袋蹦蹦跳跳著跑回少年的面前：「不好意思，學長，讓你久等了。」

「不。」穆子瑜很是紳士的搖了搖頭說：「這是我的榮幸。」

「對了，學長，這個給你。」莫忘一邊說著，一邊遞過來一個小吊飾。

「這個是？」穆子瑜接過後發現，是一隻珠子穿成的黑色小人，「手機吊飾？」

「做鑰匙鏈也可以。」莫忘攤開手，手心上赫然是一個白色珠子串成的同款小人，「老闆送的，我一個人用不了兩個，所以……」她這才想起，對方或許根本不喜歡這種簡陋的東西，又說：「如果學長你不……」

「這是提前送給我的聖誕禮物？」穆子瑜提起小吊飾晃了晃，挑眉問道。

「當然不是！」她才沒有這麼小氣呢！

「那麼我就不客氣的接受了。」

「啊？」

「畢竟，我可是很期待學妹送的禮物，如果就這麼被妳打發——」穆子瑜微笑，「我會很傷心的。」

「……突然覺得壓力好大……」

穆子瑜微笑道：「那麼，作為回禮，我請妳吃午飯吧。」

「不，我……」

「噓。」穆子瑜單指抵住女孩的唇瓣，搖了搖頭，「學妹，妳想吃什麼？」

莫忘突然覺得，今天的學長還真是充分展露真實的自我，不僅固執，還很專制，像是完全不能接受否定的答案，還像孩子一樣不達目的誓不甘休。某種意義上說……似乎比阿哲還幼稚啊！不過，這樣的學長，倒真是意外的讓人有真實感。

他……是真的想和她做朋友嗎？

好像這樣也不錯啊。

於是——

「肉。」

「嗯？」

「我要吃肉！」她實話實說也沒問題吧？

「……」

★◎★◎★◎★◎

於是，穆子瑜果然為莫忘點了一大堆肉。

他注視著稍微有點無形象啃著雞翅的女孩，又看了眼她面前的牛排、培根等一大堆的肉食，真心感慨道：「妳還真是喜歡吃肉啊。」

「一般啦。」莫忘皺了皺鼻子，「我才不想當兔子。」

「……」不喜歡吃肉就是兔子嘛？穆子瑜突然覺得膝蓋中了一槍，他有點小心眼的報復說：「不過，學妹，難道妳沒有聽說過一句話嗎？」

「嗯？」

「和男生一起吃飯的時候最好不要啃雞翅哦。」

「啊？為什麼？」莫忘呆住。

「是啊，為什麼呢？」因為吃相很不雅啊，不過……她的樣子看起來倒是挺可愛的，究竟是真實還是被心理影響了呢？總之，不討厭。

莫忘思考了片刻後，一臉恍然大悟的默默把雞翅盤子推到對方面前，「學長，你想吃可以直說，不用這樣的……」

穆子瑜：「……」他真的不是這個意思。

莫忘笑著說：「要多補充點食物，儲存力氣才可以。」

「嗯？」

「東西才買了一小半呢。」

「……」雖然早就清楚這回事，但不得不再次強調——女人什麼的，在逛街這件事上，還真是會爆發出非常可怕的戰鬥力。

「對了，學長。」切牛排、切牛排。

「什麼？」

莫忘因為口中美食而自然的瞇了瞇眼睛，然後才問：「今天雖然是你約我出來，但好像……一路上都是我在……」

本身食欲就不算強烈又不算餓的穆子瑜拭了下嘴角，托腮看她，「不喜歡嗎？」

「呃……也說不上喜歡不喜歡。」莫忘組織了下言語，接著說：「只是，學長的事情不就沒機會做了嗎？」雖然她完全不明白他是想做啥，好吧，她也不知道自己其實在說啥。

好在穆子瑜很好的領會了她的意思，微笑著說：「不，正在做哦。」

莫忘有些驚訝的問：「啊？是這樣嗎？」

「是的。」

「哦。」莫忘似懂非懂的點了點頭，既然學長沒打算明說，她也沒打算追究下去。

「學妹。」穆子瑜說道。

「什麼？」

「聖誕節學校似乎也會有舞會，到時候做我的舞伴好嗎？」

與他們隔著一道木牆的隔壁桌，新一輪的壓制再次開始了。

石詠哲：放開我！這個圖謀不軌的混蛋必須接受制裁！

兩人兩獸：冷靜點！大哥你冷靜點！

而另一側被巨大花盆遮蔽的角落裡，陸明睿一邊啃著雞翅，一邊連連點頭，「不錯、不錯，真不愧是子瑜。」

莫忘卻是淚流滿面，「……又有那種東西啊。」救命！

穆子瑜被她苦情的表情逗笑了，「怎麼了？」

「我不會跳舞啊……」如果不是桌上的東西眾多，她差點就撲了上去，「學長你明明知道的啊……」

「之前不是跳得很好？」

「……」錯覺嗎？總覺得學長明明在笑，其實有點生氣的樣子？應該是錯覺吧？不過他指的是，「哦，那個啊。」

想起艾斯特，莫忘的情緒不自覺的低迷了下來，都這麼久了，他怎麼還不回來呢？

「學妹？」

「啊，對不起。」莫忘抬起頭，努力笑著，「不過，經典動作難以模仿啊。」她覺得自己挺有說服力，「學長你太瘦弱了，我要踩你腳上，你只會痛，絕對動不了。」歪頭，「不過如果是學長你踩我腳上，我覺得肯定沒問題。」突然又皺起眉，「可是，學長你的腳好像比我大不少，踩不穩啊。」

「……」他這是被鄙視了嗎？不，她是真心實意說出這樣的話，但也因此自己好像更顯得淒慘——就算他生氣也沒辦法和她生氣，某種意義上說，這還真的挺委屈的。不對，他並不想被悲劇才說出這個話題的，穆子瑜輕咳了一聲，將話題接了下去：「不會跳也沒關係，我可以教妳。」

「教我？」

「嗯。中午或者放學後，抽出一、兩個小時的時間應該就沒問題了。」

「……學長……」莫忘有點感動了，「你真是個好人。」

「……」又被發卡了？！

「但是，還是放棄吧。」她嘆了口氣，「之前也有人想教我，但是我不僅會踩人，而且旋轉時我會情不自禁的把舞伴丟出去……你明白的。」扶額。

穆子瑜：「……」人家戀愛是費錢，和她戀愛似乎是費命。

「所以學長……」莫忘默默望天，「我覺得你還是別主動找……咳。」

「找揍還是找虐？」

「……別這麼明顯的說出來啊！」

「……」不，明顯說出來的人是妳吧？穆子瑜嘆了口氣，搖頭道：「學妹，妳還真是不知道含蓄。」

「啊哈哈哈！阿哲也經常這麼說。」

因為聽她說到討厭者的名字，穆子瑜微皺了下眉頭。與此同時，隔壁也安靜了下來，似乎很想聽清接下來的對話。而陸明睿則笑咪咪的說：「有好戲了。」

「學妹，妳似乎經常說到石學弟的名字。」

「哎？有嗎？」莫忘愣了下，隨即說道：「抱歉，我無意識的。」

穆子瑜卻沒有因為她這句話而高興多少，只是緊接著問道：「為什麼要向我道歉呢？」

「咳，因為……學長你和他的關係不是很好啊，提到他你應該不會開心吧？」

穆子瑜問：「哦？是他對妳說的嗎？」

「不。」莫忘擺了擺手，「怎麼會？那傢伙才不會特地對我說這種事，而且你們每次見面都……根本不需要說吧。」

穆子瑜笑了起來，表情很是柔和的說：「學妹妳很好奇嗎？」

「完全不好奇。」莫忘回答得很是乾脆。

「哦？」

「嗯，我表姐說過……」她輕咳了幾聲，模仿著自家表姐的語氣：「未成年男生都是蠢蛋，他們的糊泥巴遊戲直接無視就好。」

穆子瑜：「……」這算是人身攻擊嗎？還是性別歧視？

石詠哲：「……」對頭被罵了他挺高興，但總覺得哪裡怪怪的……

兩人兩獸：「……」親！你自己也被罵了好嘛？

陸明睿：「……」啊哈哈哈，真不愧是學妹。

而莫忘也發現自己的話似乎哪裡有問題，「啊，抱歉，學長我不是說你是蠢蛋。我……」淚流滿面，表姐害她！表姐害她！

穆子瑜深吸了一口氣，輕聲說道：「吃吧，快涼了。」

「哦……」於是，莫忘默默的吃起了東西。

穆子瑜注視著她看起來很香甜的吃相，也情不自禁的又吃了幾口，反應過來時有些失笑，如果哪家餐廳新開幕，估計不用做什麼廣告，只需要把她往門口一擺，其他人就自然而然的餓了。不過，那麼小小的個子、小小的肚子、小小的嘴巴，怎麼吃得下那麼多東西呢？她都裝哪裡了？

「學長，你老看著我做什麼？」

「我只是在想，妳吃了這麼多東西，怎麼都不胖呢？」

「真的？」莫忘星星眼看他。無論什麼年紀的女性，都特別喜歡聽到這句話。

穆子瑜被她的舉動逗得一樂，隨即輕咳出聲：「嗯。」

「哎嘿嘿嘿，用我表姐的話說就是──我有八個胃袋來儲存食物，正餐一個，甜點一個，肉食一個，飲……」

「要涼了。」

「哦。」莫忘繼續吃。

「……」她的表姐到底是何方神聖？

★◎★◎★◎★◎

午飯後，兩人又逛了一會兒，約下午四點半，看著兩手的各式塑膠袋，莫忘心滿意足的笑了。

「買夠了嗎？」

「嗯！」接下來應該可以向學長道別了吧？

「有想看的電影嗎？」

莫忘這才發現，兩個人不知何時走到了電影院的附近。臨近聖誕節，有不少影片在提前做宣傳，真正上映的也有一些，不過比起聖誕節期間的片子明顯要少得多了。她稍微算了下時間，看完電影出來大概六點左右，也不算晚，而且買完東西就把學長丟掉，總有點怪怪的，對了，就像圖圖說的「用完即拋」型……好像哪裡不對？

她於是點了點頭，「作為答謝，我請學長你看電影好了！」

「好。」或許是看出了女孩的想法，穆子瑜並沒有太堅持。

「學長有什麼想看的嗎？」

「唔，那個如何？」他選中的是一部喜劇片，看時間馬上就要開始了。

「嘿嘿，那個呢？」莫忘很是壞心眼的指向某部鬼片。

「可以啊。」說完，穆子瑜朝售票口走去。

「咦？等一下……學長……」莫忘淚流滿面的追了上去，她只是說說而已，並沒有真的想看鬼片啊，而且冬季比起其他季節，天色要早黑得多，等她回去的時候……救命！不怕黑不代表不怕鬼啊！QAQ

好在，最後還是被她追上了。一把攔住學長後，莫忘以一種勢不可當的勁頭狠狠拍了張百元鈔票在櫃檯上，大喊出聲：「給我兩張票！」
售票員默默看了她一眼，「對不起，錢不夠。」
莫忘：「……」
穆子瑜：「噗！」
莫忘淚流滿面的再次從腰間掛著的「大草莓」中掏出一張鈔票，「這樣總夠了吧？」
售票員再次默默看她，「妳還沒說想買哪場的。」
莫忘：「……」
穆子瑜：「噗嗤！」
莫忘淚流滿面，「學長……」
「什麼？」
「你能別笑了嗎？」
穆子瑜笑彎了眼，「咳，我努力。」
「……」QAQ
又買了兩杯可樂和一份爆米花後，兩人一起走進了電影院，反正距離電影播放也沒有多久時間了。兩人的座位緊靠在一起，位置也還算不錯。就在此時，莫忘在自己的右側意外發現了一個熟人。

「林學長？」

「小忘，是妳啊。」林朝鈞笑著看了一眼她身後的少年，輕聲問：「和男朋友一起來看電影？」

「噗，不是啦，是同一個學校的學長。」

「這樣啊。」林朝鈞的眼神劃過女孩純真的表情，又與坐在她另一邊的微笑少年對視了一眼，隱約察覺到了什麼，卻明智的保持了沉默，畢竟這也不是他能夠插手的事情。

莫忘好奇的問道：「對了，林學長，你一個人來看電影嗎？」

林朝鈞搖頭，「不，我和圖圖一起來的。」

「咦？那……」

「她去洗手間了。」

「哦。」莫忘連連點頭，「可真巧啊。」

「是啊。」

「啊，我忘記介紹了。」莫忘這才想起自己似乎又擺了個烏龍，連忙為兩人稍微做了下介紹。就在此時，她看到不遠處一個短髮女孩走了過來，連忙揮手喊：「圖圖！」

「小忘？」

「嗯嗯！」莫忘站起身，略不好意思的看向青年，問道：「林學長，能麻煩你和我調換個位置嗎？」

林朝鈞：「……」他默默看了眼笑容僵了一瞬的少年，深深察覺到了對方的悲劇。

「快起來啦！」蘇圖圖才沒有想那麼多呢，她一手就把自家表哥扒拉開了，而後拉著小夥伴就坐下，「小忘，早知道妳也要來，我就……」

「嗯嗯，我……」

「對了，妳……」

「我還……」

林朝鈞：「……」

穆子瑜：「……」

面面相覷了片刻後，頭頂的燈光突然黯淡了下來，兩人非常默契的同時看向螢幕。

幾人後面幾排，石詠哲笑得打跌：「哼哼哼，真是太巧了。」

兩人兩獸默默側目：這樣幸災樂禍真的沒問題嘛？小心樂極生悲哦親。

而另一側的陸明睿則默默望天：子瑜，你應該先去燒香的。

在各自的思緒中，電影就這樣開始了。總體來說，全身心投入其中的，恐怕也只有莫忘和她的小夥伴了，至於其他人……

看到中途，因為喝多了水的緣故，莫忘站起身朝洗手間走去，好在他們幾人剛好坐在過道的旁邊，並不難出去。

雖然電影院中一片漆黑，但洗手間附近的通道中則是燈火通明，從黑暗到光明，總會情不自禁的讓人有種時空混亂的感覺，有時候白天看電影，走出電影院的時候甚至會不習慣天上的太陽。

莫忘拍了拍頭，她在想些什麼呢！

搞定一切後，她就著烘手機烤乾了手上的水跡，拉開洗手間的門走了出去，然而微一側頭時，卻看到了令人驚訝的一幕，林學長和陸學長居然一起走出了男洗手間。

——等等，陸學長怎麼會來這裡？

——又是巧合嗎？

——喂喂，這也巧過頭了吧！

莫忘正想著要不要上前打招呼，突然聽到了林朝鈞的聲音：「你就要死了。」在這樣寂靜的環境中，他平時就顯得安靜的嗓音此刻更顯幽暗。

「咳！咳咳咳咳……」

「……」喂喂！

莫忘連忙衝了過去，果不其然，青年已經再次跪坐在地上咳血。所以說，他這到底是什麼壞毛病啊？她強忍住扶額的衝動，單膝跪下身，一邊遞上手絹，一邊如之前一般輕撫著對方的背脊，「學長，你沒事吧？」

片刻後，他的呼吸漸漸平定了下來，微咳了幾聲，也只吐出一些血沫子。他注視著被自己弄得一塌糊塗的手絹，略不好意思的說：「抱歉，學妹，總給妳添麻煩……」

「……」知道的話就別老是說出那種話啊？！莫忘終於可以扶額了，「你不應該向我道歉吧？」她單手指向依舊站在原地的少年，「向他才對。」

「對……」林朝鈞的話音戛然而止。

莫忘下意識抬起頭，頓時也嚇了一跳——陸學長的表情……好可怕。

大概是因為每次見到對方時，他總是笑咪咪的，所以當他不笑時，就略顯得……不，不僅如此，那種眼神……她恍然覺得，他似乎已經被外面的漆黑所染透，以至於即使身處這裡，人卻依舊留在黑暗之中。

就在此時，林朝鈞突然捂住心口，急促的呼吸了幾聲後，整個人昏迷了過去。

「喂！林學長？林學長？」從沒有遇到過這種情況的莫忘也不知道該怎麼辦，好幾秒後大腦才重新恢復了思考，「陸學長，我送林學長去醫院，能麻煩你告訴圖圖嗎？她手機開靜音了，打電話不一定能聽到。我們的座位是……」

「我為什麼要幫妳做這種事呢？」

「哈？」莫忘再次看向陸明睿，而後怔住，她很確定，對方是認真的說著這句話。

她沉默了片刻後，彎下身把青年一把抱了起來，中心醫院就在電影院附近，步行也才七、八分鐘左右，她一路跑去的話應該比救護車還要快，現在時間也禁不起耽擱了。她跑了兩步，頓住了身體，回過頭認真的說：「學長，我可以理解你的心情，因為林學長也對我說過一樣的話。但是，這樣的話語殺不了人，行動卻可以。」

說完，她一路飛奔而出。

莫忘的速度簡直快到了某種令人震驚的地步，以至於不少行人目瞪口呆，紛紛發出了這樣的聲音——

「快看，那女孩跑得好快！」

「拍照沒？」

「跑太快，拍不清啊！」

「莫非是什麼短跑選手在秘密訓練？」

「不對吧，她手裡抱著東西啊。」

「你懂什麼？這是我們國家特有的秘密訓練方式。」

「是嗎？」

「肯定啊！」

「大哥你懂得真多！」

「啊哈哈哈，別太崇拜我。」

且不論其他人是怎麼看的，莫忘則是一邊跑一邊淚流滿面，剛才她到底耍什麼帥啊？對陸學長說出那種看似「酷斃了」的話，在對方看來一定遜斃了吧？

幾分鐘後，她已經成功的把林朝鈞送到了醫院，術業有專攻，接下來就是醫生和護士的工作了。才閒下來的她連忙想打電話給蘇圖圖，卻驚訝的發現手機上居然有好幾通來自於對方的未接來電，她連忙回撥了回去，才響一聲就被對方接了起來。

「喂，小忘嗎？我表哥他……」

「別擔心，我們已經到醫院了。」

對面傳來鬆了口氣的聲音。

「我們也出了電影院，正在往妳那邊趕。」

「嗯，妳走慢點，路上車多。」

「小忘，多虧妳發現，否則……」

「客氣什麼。好了，不說了，走路打電話容易分心，來了再說。」

「嗯。」

莫忘掛斷電話後，才想起之前蘇圖圖說的似乎是「我們」？穆學長也和她一起來了嗎？還有陸學長？哎，剛才真不該說那種話的，再見到得多尷尬啊！

卻沒想到——

「小忘！」

莫忘驚愕的注視著朝自己跑來的少年，「……阿哲？你怎麼會在這裡？」

石詠哲雙手抓住莫忘的肩頭，上下仔細左右打量了一番才說：「我聽他們說妳來了醫院，就連忙跑來了，妳沒事吧？」

「……你怎麼知道我在醫院？」

「……」

一個不太好的念頭在莫忘心中浮起，「等等，你該不會是跟蹤我吧？」

「咳！沒有！」

「真的？」莫忘瞇眼看他。

「真的！」

「誰信啊！」莫忘大怒，衝上去就掐住某人的脖子一陣搖晃，「石詠哲你這個白痴！都在做些什麼猥瑣的事情啊！石叔看到後會哭好嗎？！」

「……」不，老爸不僅知道還提供了道具支援好嗎？

「等一下，你應該不是一個人跟蹤我吧？」莫忘再次瞇起眼眸，默默的看向另一邊拐角處，深吸了一口氣，語氣盡量溫柔的說道：「都給我出來。」

「……」

片刻後，兩人兩獸默默的走了出來。

格瑞斯最先表忠心：「陛下，我只是看到這個邪惡的勇者居然跟蹤妳，太擔心了所以……」黑鍋就該勇者頂！

石詠哲：「……喂！」

賽恩接著補刀，一臉不明所以的問：「說起來，勇者為什麼要跟蹤陛下啊？」好吧，他其實是真的挺好奇。

石詠哲：「……喂！！」

薩卡很老實的蹲在莫忘的面前，舉起一隻肉墊扶額說：「我才不是那種猥瑣的狗呢，我是被逼的，少女妳一定會相信我的對不對？」對比一下武力，嗯，還是出賣夥伴吧。

石詠哲：「……喂！！！」

布拉德一雙肉墊抱住莫忘的腳踝，星星眼看她道：「我也是被逼的，被逼的……」牠必須跟著同伴的步伐走。

石詠哲：「……喂！！！都是我的錯囉？」

「不是你還能有誰？」兩人兩獸異口同聲。

石詠哲：「……」QAQ

莫忘冷笑著一手揪住他的耳朵，「看吧！沒人站在你那邊啦！」

被小青梅用暖乎乎的小手揪著耳朵，咳咳咳，他居然抖M的覺得好像也沒啥不妥。不，還是有問題的，他小聲告饒：「回去再說行嗎？」

如果是平時，這傢伙早就針鋒相對了，問題是現在他心虛啊！跟蹤什麼的被抓，超級心虛有木有？！

莫忘齜牙道：「你有膽子做壞事，沒膽子被揍嗎？！」

「……我錯了。」

莫忘氣勢更盛，「說！下次還敢不敢？！」

「不敢了！」

莫忘差點吼出來，「說實話！」

「……我努力不敢了。」

「喂！」

石詠哲淚流滿面，他說的真的是實話，咳，下次要再出現這種情況，他恐怕自己還是抑制不了跟蹤的衝動啊！話又說回來，他一手抓住莫忘拎著自己耳朵的手，「要是我和別的女孩出去，妳會跟蹤嗎？」

莫忘很果斷的回答說：「怎麼會？」

「……」略受打擊……

「我最多是圍觀啊。」

「喂！」有區別嗎？！

「算了。」以己度人，莫忘覺得自己對眼前這傢伙的交友情況還是挺關注的，若他真和一妹子大週末逛街，說不定她……咳咳咳，還真有點跟著出來的想法。當然，絕對沒他那麼猥瑣！如此想著的她輕哼了聲，鬆開了手，「看我回去怎麼跟石叔說。」

「……」說吧，頂多是被老爸嘲笑是蠢蛋、人生輸家、萬年魔法師嘛，他都習慣了。QAQ

「小忘！」

就在此時，其餘人也到了。

莫忘連忙扭頭看去，而石詠哲則默默鬆了口氣：還好還好，耳朵被揪的樣子沒被看到。

與小夥伴交談了幾句得知大概情況後，蘇圖圖驚訝的看向石詠哲，「咦？石詠哲你怎麼在這裡？呀，你耳朵怎麼那麼紅？」

石詠哲：「……我跑得太熱了。」

「那怎麼只有左邊的耳朵紅？」

「……」他該怎麼說？用左邊的耳朵跑步嗎？TAT

莫忘輕咳了聲，也沒有說什麼，她心裡非常清楚，自家小竹馬是個超級愛面子的臭屁傢伙，私下裡姑且不說，在其他人面前還是別拆穿他了……那句話叫啥來著？對了——

「人艱不拆……」（注：「人生已經如此的艱難，有些事情就不要拆穿」的簡化詞。）

說出這句話的人卻是蘇圖圖，她以一種萬分理解的眼神看了一眼石詠哲。

石詠哲：「……」她都理解什麼了啊？QAQ

總而言之，今天最悲劇者當石詠哲莫屬！

莫忘再一側頭，驚訝的發現陸明睿也來了，再一想，如果不是他去叫的，其他人也不會這麼快就趕來，那麼她之前說的話……

她下意識朝兩人走了過去，距離他們還有幾步時停了下來，有點不好意思的說：「能單獨和學長談談嗎？」

陸明睿看了眼朋友，非常有眼色的舉起雙手默默後退，「那我先退散……」

「……陸學長，我說的是你。」

穆子瑜：「……」明睿？

陸明睿：「……咳。」他已經不敢看自己的小夥伴了。話說，她這是在替他拉仇恨啊？

可女孩的表情分明很認真，黑白分明的大眼睛就那麼看著人，帶著明顯的懇求意味，讓人很難將之拒絕。

「那邊如何？」陸明睿伸手指向不遠處的拐角。
「嗯！」
用力點了下頭後，妹子就這麼乖乖的跟著他跑了。
陸明睿心裡突然起了點捉弄她的心思，來個拐彎，嗯，人還跟著。再拐？依舊跟著。再來一次？喲，還跟著呢。
他有點無力的停下腳步，回頭說：「學妹，妳膽子真大啊。」
「……啊？」
那種呆呆的表情讓他心中的無力感更濃，明明之前「教訓」他的時候是那麼霸氣側漏，盡展「王」者風範，怎麼又變回這樣了？
難道她就是傳說中的精神分裂？
他嘆了口氣，「妳就這麼跟著跑？不怕我把妳帶去可怕的地方？」
「可怕的地方？」
「比如太平間什麼的。」
「……」莫忘抽了抽嘴角，但還是很認真的回答說：「學長，我會很害怕的，而且我一害怕就容易失去理智。」

「所以？」

「所以學長你就危險了。」

「……」保有著之前那段記憶的陸明睿當然明白她在說些什麼。所以，他是被反威脅了嗎？不，明明是實話實說，可這樣才更讓人覺得悲情。於是他又嘆了口氣，「學妹啊，妳就這麼老老實實的跟著我，就不怕我對妳做什麼壞事嗎？」

「沒關係的，學長。」莫忘的回答依舊順暢，「你打不過我呀。」

「……」

你打不過我呀……

打不過我呀……

打不過我……

打不過……

陸明睿淚流滿面，身為一名男性被鄙視成這樣還真是夠悲情的，問題是，他還真是反駁不能。

悲情到了極點的陸明睿深吸了一口氣，「好吧，妳贏了。」緊接著又問：「那妳想對我說什麼？」

話音剛落，他驚訝的看到女孩居然對他深深彎下腰，很是誠懇的說：「學長，對不起！」

「……嗯？」

她沒有直起身，只接著說：「之前我不該說那種過分的話，真的非常對不起。」

「……算了，反正我也沒有放在心上。」

「真的？」莫忘抬起頭看他。

在那雙清澈眼眸的注視下，向來善於說謊的陸明睿突然覺得壓力挺大，他嘆了口氣，「好吧，假的。」

莫忘：「……」QAQ 看吧，果然生氣了。

陸明睿：「……」好像再多說一句都能哭出來似的，女孩子什麼的果然嬌氣，就算身分……也是一樣。他只好轉換話題：「說起來，他之前也對妳說過同樣的話？」

「嗯。」莫忘點了點頭，「他之前對其他人也說過同樣的話，所以陸學長你不用把林學長的話當真啦。」她有些凌亂的解釋說：「林學長也不是故意說出那種話的，每當那時他的身體好像有些不受控制，而且都會吐血吐得很厲害，所以……」

「我明白了。」

「嗯嗯。」

「所以妳可以站直了。」

「啊？」莫忘後知後覺的發現自己還彎著腰呢，她連忙站直身子，撓了撓臉頰，小小聲的笑，「怪不得我總覺得那裡怪怪的。」

「學妹——」陸明睿突然問道：「妳真的認為他的話是謊言嗎？」

「……哈？那是當然的吧，怎麼可能別人說死，就真的會死啊。」莫忘臉上自然的浮起訝異的表情，「那也太奇怪了。」

「呵，說的也是呢。」如果她這麼說的話……

「嗯嗯，其實他對我也說過，但是我……」

「咚！」

就在此時，附近傳來什麼東西倒地的聲音。

「誰？！」莫忘下意識轉過頭，想要跑過去確認些什麼。

可偏偏又是此時——

「砰！」

另一邊也傳來了響聲。

莫忘再次轉身，心中很有點無語，這到底是怎麼回事？

她發現格瑞斯正呆愣著站在原地，不知是發生了什麼事，居然忘記了躲避身形。

莫忘情不自禁的扶額，「我說，你怎麼也學會這一套了？」怎麼個個都愛跟蹤她啊喂！變態嘛？！

這一句話彷彿將格瑞斯從怔愣中喚醒，他大步地跑了過來，似乎想要說些什麼，卻在看到陸明睿後，沉默的伸出手一把將莫忘用公主抱抱起，然後跑了。

「咦？喂——」這傢伙怎麼連這一套也學會了？

陸明睿：「……」

第六章

格瑞斯就是要開天臺會議

最終，莫忘只來得及回頭對陸明睿喊了句「對不起」，等格瑞斯停下來時，兩人已經站在了醫院頂樓。不知何時，天色已經完全昏暗了下來，這一晚沒有月光也沒有星光，一切看來都是那麼暗淡。

彷彿被這景色所感染，格瑞斯的臉孔上也滿是陰鬱的色彩。

「格瑞斯，你……你怎麼了？」重新站到地面上的莫忘在這種氛圍的籠罩下，心頭也不禁浮起了一絲擔憂。

「陛下……」青年紫色的髮絲在夜色下，顏色顯得深邃了不少，同色的眼眸亦是如此，又彷彿在壓抑著什麼痛苦的漩渦，「您剛才說……那個人也對您說過同樣的話？」

「啊？」莫忘愣了下，隨即回過神來，點了點頭，「嗯，是啊，就在和艾斯特說之前。不過這種事用不著當真吧？反正肯定不會實現啊！」說到這裡，她有些自嘲的笑了笑，「如果是遇到你們之前聽到這種話，我一定會相當害怕吧？但是……」

但是現在不一樣了。

她可以好好的活下去了。

又怎麼會死呢？

「……」沒有人比格瑞斯更清楚林朝鈞說出這種話語的真實性，別的姑且不用多說，僅看艾斯特那個蠢蛋就知道……可是為什麼陛下也會？是愛愚弄人的命運在諷刺他們不夠盡心盡力嗎？這種事情……

他無比慶幸，自己為了保護陛下而跟了上去。

同時，他又無比痛恨，為什麼直到此刻才發現這件事？

如果早一點……早一點……

會有什麼改變嗎？

可笑的是，連他自己也不確定這件事。

到了這個地步，即使是遲鈍的莫忘也意識到情形有些不太對勁了。

「格瑞斯，這到底是怎麼回事？」

青年的心中只湧起一個念頭，想要保護她，所以這種殘酷的現實果然還是……

「不要騙我！」

「……」

莫忘想起格瑞斯剛才的問話，又想起許久未回的艾斯特，一切被忽視的異狀在這一刻終於連接成線。她握緊拳頭，漆黑的雙眸緊緊注視著對方，沉聲問道：「艾斯特出了什麼事？」

「他……」

「我不希望從你的口中聽到欺騙。」莫忘一邊說著，一邊朝格瑞斯逼近了一步。

明明自己的身材高於對方，格瑞斯卻覺得自己被一股難言的氣勢徹底壓制，以至於他不自覺的跪下了身，身體力行的服從這種發自內心的顫慄，「陛下……」這就是真正屬於魔王陛下的威勢嗎？

「格瑞斯，把一切說出來。」

「……是。」格瑞斯謙恭的低下了頭。

現在的女孩與以往的任何時候都不相似，這種讓人情不自禁想要獻出一切的強大感……容不下任何的欺騙與心機……

於是，他誠實的說出了自己所知的一切。

「你的意思是——」一陣夜風襲過，吹拂起女孩的裙襬，它看上去像極了一簇靜靜燃燒著的火焰，「艾斯特知道自己有生命危險，所以才離開我身邊，選擇一個人靜靜的去死？」

「應該是這樣沒錯。」

「愚蠢。」

「……」

莫忘又問：「驅使他這麼做的原因是什麼？」

「恐怕，與魔界的形勢有關。」

「魔界的形勢？」

這還是莫忘第一次聽到與之有關的話題。她現在才想起，在以往的日子裡，格瑞斯與賽恩總是以輕鬆的語氣說著那裡各種有趣的風俗習慣，卻從未明確的對她介紹過那裡。而她其實也對其有著逃避心理，現在想來……果然是有原因的。

「是的。」格瑞斯點了點頭，接著說道：「自從上一屆魔王壽終正寢後，新的魔王陛下遲遲沒有出現，國內漸漸出現了動盪。就在此時，有一個組織出現了，他們高呼的口號是『我們需要的不是魔王，而是自由』，簡直可恥到了極點！如果不是歷代魔王的勵精圖治，他們怎麼可能享有如此安寧的生活，有心力與財力做出這種無聊的事情！」

說著說著，格瑞斯突然發現自己的話題似乎有點歪，連忙轉了回去：「因為足足三十年都沒有新的魔王出現，不少人忘記了信仰、忘記了尊敬、忘記了畏懼，他們相信了那種罪大惡極的口號，認為魔神大人也贊同他們的選擇。」

「魔神？」這也不是莫忘第一次聽說這個名字，這似乎是魔界的唯一神靈，所有人都信服他，而這傢伙也擔任著所有神祇的工作，啥事都管。

「是的。」格瑞斯繼續說道：「因為新任魔王的出現一般都需要魔神大人的昭示，可魔神大人卻足足三十年都……後來我們才知曉，這位大人的力量被那些卑鄙小人用不知名的方式削減了，所以被迫陷入了沉睡。但是，最終這位大人還是醒了過來，用恢復的那部分力量幫助我們穿越時空，來到了陛下您的身邊。」

就莫忘聽來，格瑞斯的話語多少有些語焉不詳，但她知道對方不會對自己撒謊，沒有說的內容八成是他真的不知道的。不過，重點並不在這裡，而是——

「艾斯特的事情到底是怎麼一回事？」

「恐怕……與賽恩有關。」

「他？」

「陛下，請不要誤會，他對您的忠誠毋庸置疑。只是……」格瑞斯沉下眼眸，表情浮起些許痛恨的色彩，「自艾斯特與我被您召喚至此後，守護者似乎被盯上了。證據就是，賽恩的身上被打上了魔法陣。」

莫忘不由得想起夢魘石那次的經歷，「就是我看到的那個？」

「是的。」格瑞斯再次點頭，「那是個小規模的傳輸魔法陣，雖然無法像魔神大人那樣將人傳送至這個世界，但輸送一些物品卻是完全沒問題的。」

「夢魘石就是這樣？」

「是的。但，不僅如此……」格瑞斯緩緩握緊拳頭，語氣中有著清晰可見的自責，「賽恩剛到來時，我能仔細檢查他的身體就好了。如果我沒猜錯，這個魔法陣在最開始是處於未激發狀態，所以並沒有顯現出來。」

莫忘回想起賽恩被召喚來時的情景，同意的說：「嗯，是這樣沒錯。」

「之後被賽恩身上無意識溢出的魔力所影響，它漸漸被啟動。」

「不僅傳輸夢魔石這種東西來，還做了什麼？」莫忘話語直指格瑞斯所說的中心，「和艾斯特有什麼關係？」

「具體情形我也不是非常清楚，只是……他們肯定做了什麼危及生命的手腳。」

「為什麼是艾斯特？」莫忘表示很不解，「他們真正針對的人，難道不應該是我嗎？」

「……」格瑞斯想起了艾斯特離開前對他所說的那句話，沉默片刻後才如此說道：「陛下，我想那也是有原因的。」為忠誠考慮，他當然該說出來，但是……

魔王陛下卻打斷了他的話：「不用說了。」

格瑞斯愕然的抬起頭，「陛下？」

「你現在覺得很為難不是嗎？那就不用說了。」莫忘勾了勾嘴角，溫和的說：「等到覺得合適的時候再告訴我吧。」

「陛下……」

「而且，現在的重點也不在這裡。」莫忘深吸了口氣，「應該是把艾斯特那個蠢蛋抓回來才對！」

「……」格瑞斯還是第一次聽到女孩稱呼自己的「死對頭」為蠢蛋，這種時候他本應該幸災樂禍才對，但此時此刻，他心中卻只有惆悵，還有很多的希望——如果是陛下的話，肯定可以……可以……

「都聽到了吧？艾斯特！」莫忘突然雙手呈喇叭狀放在口邊，對著除他們外空無一人的天臺大喊出聲，「你給我出來！躲躲藏藏的像什麼話！」

格瑞斯驚了，「陛下？」

「你一直沒離開吧？」莫忘接著喊道：「我就覺得奇怪，時而能感覺到你的氣息，開始還以為是錯覺，但是現在才發覺那是真實！」

「之前發出『咚』的一聲是你沒錯吧？名義上離開的人，卻蹲在陰暗處偷聽我和別人談話，不覺得羞恥嗎？覺得的話就給我出來道歉！」

「艾斯特——你給我出來——」

莫忘聲嘶力竭的喊著，彷彿篤定青年就藏身於附近。

格瑞斯不可置信的問：「陛下，他真的……」

莫忘卻說：「格瑞斯，你去下面，把賽恩給我叫過來。」

「啊？」

「去吧。」

「是！」

女孩不經意中露出的威嚴表情讓人難以質疑她的話語，所唯一想到的只有「服從」，除此之外沒有其他選項。

眼看著格瑞斯的身影自天臺消失，莫忘深吸了一口氣，說道：「好了，現在沒有其他人了，艾斯特，你這混蛋給我滾出來！」

「……」所回應她的，唯有一陣蕭索的風聲。

本應該覺得冷的莫忘卻覺得熱血沸騰，又是一連串的話出口：「你知道這段時間我有多擔心嗎？每天掰著手指算你離開多久了，還有多久才能回來。你都這麼大的人了，讓我這種小女孩擔心不覺得自責嗎？」

沒有得到回應彷彿也無所謂，她就這樣不停的大喊著。

「出了這種事情，你第一時間想到的辦法就是一個人去死？艾斯特！你最好別被我抓住，否則絕對不會放過你！」

……

「你聽到沒有？給我出來！」

……

「艾斯特！！！」

喊到最後，注視著空無一人的天臺，莫忘終於徹底的怒了。

她咬了咬牙，惡狠狠的說：「你不出來是吧？很好。」說完，她直接跑到天臺邊，踩著鐵絲網就往上爬，因為加持了靈敏的緣故，她非常快速的就爬到了頂端，面朝裡坐好後，她輕笑了聲，「艾斯特，我給你最後一次機會——你到底出不出來？！」

……

「很好，你贏了。」

如此一聲話音後，莫忘身體微微後仰，整個人就那麼落了下去！

急速的下墜中，她耳中響徹了「咻咻」的風聲，這種情況下本應該是緊張無比的，莫忘卻詭異的覺得自己的心跳似乎沒加快多少，又或者是……自己已經害怕到感受不了身體的任何改變？

恍惚中似乎有一種錯覺，不是她在往下，而是那些樓層在往上。

莫忘緊緊握著自己脖上的圍巾，除了這種方式，她不知道該怎樣把艾斯特那個縮頭烏龜逼出來。當然，生命那麼寶貴，她不是真的想死，但如果那傢伙再不出現，她就必須自救了！

她的目光落到下方窗戶正中的欄杆上。

就在此時，一個熟悉的身形突然出現在她視線的正上方。

那人明明穿著漆黑的衣物，在她眼中卻彷彿一輪驀然升起的明月，可惜那皎潔的月光居然快速的下墜著，不過片刻就抓住了她，將她穩穩的抱在了懷中，口中一聲低語後，他的手心驀然出現了一條銀色的光繩，緊緊的纏繞住了莫忘之前所注視的欄杆。

緊接著，青年的身體微微一晃，藉著這力度和光繩，兩人居然穩穩的自空中穿插著飛入了大開的窗戶。

從莫忘跳下到現在，時間也只過了幾秒。

但對兩人來說，卻比過了幾個小時還要累。

青年單膝跪在地上，穩重如山的抱著懷中的女孩，背脊卻滿是汗水。他皺起眉頭，難得的用一種不太客氣的語氣說：「陛下，您太莽撞了！」

同樣被嚇出了渾身冷汗的女孩心情顯然也不太美妙，她坐直身體，抬起頭微笑著伸手撫上了青年的側臉，而後狠狠的將對方往地上一按！「砰」的一聲輕響後，青年成功的以頭搶地。他還沒弄明白發生了什麼事，就聽到騎坐在他身上的女孩咬牙說：「艾斯特，你以為這是誰的錯啊？！」

「……」

「要不是你，我還沒想到這輩子能體驗一回跳樓的美妙。」她一邊說著，一邊表情可怕提起青年的衣領，「說！你怎麼賠我！」

「陛下……」饒是向來淡定的青年，也被這樣「粗魯」的女孩嚇了一跳，但不需要想也知道，這種情況是因他而生。滾燙的熱流在心中湧動，以至於他一時之間說不出別的話。

「喂，明明是個話癆，這種時候裝什麼沉默啊！」莫忘顯然對這傢伙很不滿，她輕哼了聲，提起衣領繼續搖晃，「給我說話！說話！！說話！！！」

艾斯特：「……」最後無奈的嘆了口氣，「請您冷靜點。」

「你冷靜一個給我看看？！」

「……」艾斯特沉默了片刻後，驟然說道：「對不起。」

「都做了才說這種話，有用嗎？」魔王陛下表示自己才不會那麼輕易被糊弄呢。

「陛下。」艾斯特更加無奈了，「您之後想怎麼懲罰我都可以，至少請先從地上起來，太涼了。」雖然少女騎坐在他的身上，雙膝卻跪在地上，而醫院本身就是容易讓人感覺到陰冷潮濕的地方。

「我怎麼知道你會不會騙我？」莫忘覺得自己不能那麼輕易就放過這傢伙，萬一這傢伙再跑了，她到哪裡去抓？她覺得自己必須先威脅一下，「你等我找條繩子來。」

「……」

「對了，你不是隨身總帶很多物品嗎？自己拿條繩子出來。」

艾斯特：「……」這叫什麼事啊？自己拿繩子來綁自己？但身為魔王陛下的忠犬，他毫不猶豫的立刻摸了條繩子出來，遞到了女孩的手中。

莫忘卻懷疑的看了他一眼，「這麼爽快，不是有什麼陰謀吧？」

「……」

對著繩子研究了幾下後，莫忘確認似乎沒做啥手腳，於是考慮該從哪裡開始綁人比較結實。上下打量了好幾遍後，她點了點頭，毫不客氣的說：「舉起手來！」

「……」

「快，投降的姿勢，現在你被俘虜了！」

除了伸出手，艾斯特還能做什麼？

莫忘很歡樂的就著艾斯特的手一頓猛繞，又狠狠的打了個幾個結後，才算鬆了口氣，笑了兩聲：「這樣你就跑不掉了。」

「那麼陛下，您可以起來了嗎？」

「勉強可以吧。」莫忘說著，撐著艾斯特的胸口站起身，嘴裡還嘟囔著：「誰稀罕坐啊……都是骨頭和肌肉。」

「……」大部分人的身上都是這個吧？但艾斯特很理智，知道不該在這時與魔王陛下、尤其是一位女性魔王陛下爭辯。他只是嘆了口氣，同樣直起上身，做好站起的準備。

「等一下！」被眼前所見的事物驚嚇到，莫忘居然又坐了下去，「你臉是怎麼回事？」

艾斯特這才發現匆忙之間自己居然忘記了這件事，連忙側過頭說：「陛下，請不要讓這汙穢之物玷汙了您的眼睛。」

「不許動！」也不知道是不是今晚的「壯舉」鍛鍊了脾氣，莫忘居然又吼人了，一邊如此說著，一邊態度強硬的伸出雙手掰過對方的頭，因為兩人所處角落的燈光壞掉的緣故，她剛才居然沒發現——他右側的臉上不知何時出現了漆黑的紋路，簡直像被塗抹上了神秘的咒文，時不時還泛著暗紅的詭異光芒。

莫忘好奇之下，伸出手碰了碰，只覺得指尖一疼，「嘶」的一聲就縮了回去。

「陛下？」艾斯特雙手下意識的用力崩斷了捆住自己的繩子，連忙捉住女孩的手，仔細觀察了片刻後，鬆了口氣，「請您……」

「咦？我碰的地方……」莫忘愕然的發現，她剛才所觸碰的地方，黑紋居然消失了。

「應該是被您的魔力壓制下去了。」對於這樣的結果，艾斯特顯然並不意外。

「壓制？」莫忘想了想，重新伸出了手。

「請等……」

「閉嘴！」

「……」

「只是痛一下的話，我還是可以忍受的。」而且，如果輕碰一下都是如此疼痛，這個人……眼前的這個人到底是在忍受著怎樣的痛苦？

莫忘的視線下滑，順著艾斯特的臉一路看到脖頂，毫無疑問，這咒文是從身體延伸到臉部的。她深吸了一口氣，再次伸出手指，觸上艾斯特的臉孔，雖然她已經有心理準備，但是在接觸的瞬間，手指依舊如同被蜜蜂螫了般，傳來了強烈的刺痛感！不過，如果他可以忍受的，那她也沒問題。

手指下挪，那一點痕跡果然消失了。莫忘鬆了口氣，繼續著動作，而手指上的炙熱感也越來越強烈，最後簡直像被點燃了一般。

艾斯特急切的說道：「陛下，請停下來，這樣下去您……」

「閉嘴！」

「可是……」

「閉嘴！」

「我……」

額頭直接跳起了幾根青筋的女孩毫不客氣伸出手一把握住某人的嘴，「該說話的時候不說話，不該說話的時候就犯話癆！你出去待了幾天就變蠢了嗎？」

艾斯特：「……」錯覺嗎？突然覺得陛下變得好強勢，明明一直守候在她附近的，怎麼會不小心就忽視掉這一點呢？

莫忘手上的動作依舊在繼續著，她覺得這玩意就是個「一鼓作氣，再而衰，三而竭」的問題，如果中途停了下來，之後恐怕就沒有勇氣繼續第二次，即使有，也只會感受到更多的痛苦，那還不如一次解決掉算了！

沒錯，某種意義上說，她是個急性子。

艾斯特能夠感受到，魔王陛下捂著自己嘴脣的手心漸漸汗濕，與此同時，她的額頭也滲出了點點汗珠，不僅在於疼痛，還在於魔力的衰竭，畢竟他所中的詛咒並不是那麼容易就能被壓制的東西，否則他也不會被弄得苦不堪言。該說不愧是陛下嗎？如此強大的魔力，恍若海洋般深不見底。

明明想要阻止的，卻也知道不能這樣做。

他感受到了她的決心，也必須聽從她的命令。

——但是，陛下，真的需要把魔力耗費在我這種必死之人的身上嗎？太沒有價值了。

「陛下！」

「……艾斯特前輩？」

不久後，就在身後傳來了這兩聲呼喊時，莫忘的「壓制」行動也終於告一段落，她成功的把那些漆黑的咒文盡數壓縮到了艾斯特的衣領中。舒了口氣後，她回過頭看向兩人，「好慢啊！」雖然前後不過也才幾分鐘，但可能是耗力過大的緣故，時間在她的感覺中彷彿無盡的拉長了。

「抱歉，陛下。」

「我們先趕去天臺，可是發現陛下你們已經不在那裡了，之後又稍微找了下，不過……前輩怎麼……」

「回去再說吧。」莫忘一邊說著，一邊站直了身體，朝兩人走去，「我……」她的腿突然一軟，而後整個人跪了下去。

「陛下！」X3

近在咫尺的艾斯特連忙長手一撈，將女孩攔腰接住，「陛下，您沒事吧？」

因為兩人體型的差距，莫忘看起來簡直像是個被他掛在手臂上的大號洋娃娃，不過此刻的幾人顯然沒心情欣賞這幅有些可笑的景象。

賽恩擔心的問道：「小小姐陛下這是？」

格瑞斯觀察了下，精準的判斷說：「應該是魔力使用過度。」

「可是為什麼會……」

「好了。」莫忘有氣無力的揮了揮手，「都說了回去再說。」

說完，她看向紫髮青年，「格瑞斯，這傢伙就交給你了。」她踢了踢地上剛才被某人扯斷的繩子，「綁好帶回去。」

「請放心，我格瑞斯務必完成陛下您的心願！」某人顯然對這個任務相當滿意，他也不知從哪裡摸出了一條繩子，嘿嘿笑著就朝艾斯特蹭了過去，看那表情非常像在說——「哼哼哼，你也有今天？」

一言以蔽之，小人得志啊！

其他人不忍直視的扭過頭，不得不說，這個表情真的太糟蹋這傢伙俊俏的臉了。

「賽恩……」莫忘扶著牆試著走了兩步之後，發現自己實在無能為力，只能略不好意思的說：「能麻煩你揹我嗎？」

「當然，這是我的榮幸，小小姐陛下！」金髮少年燦然一笑，很快的跑到女孩面前轉過身蹲好，側過頭單手拍了拍肩，「請放心，它一定像車子一樣平穩！」

「……」喂喂，這種說法也太奇怪了吧？不過也沒辦法，這傢伙就是這風格。莫忘好奇的問：「什麼車啊？」

「雲霄飛車？」

「喂！」這是要讓她吐的節奏啊！

「哈哈哈！我開玩笑的。」

「……」一點都不好笑好嗎？

當然，莫忘知道，這傢伙不可能真讓她坐雲霄飛車的，於是她伸出手拍了拍少年毛茸茸的金髮，手指一揮：「好了，雲霄飛車開路吧！」
賽恩爽朗的應了聲：「是，請抓緊！」
「咦？等等！別這麼快！」莫忘被嚇了一跳。
「雲霄飛車就這麼快啊！」
「你夠了！」
「你們等等我！」才剛把老對手綁成一顆球的格瑞斯一看急了，連忙扯著繩子就跑了出去，「陛下，賽恩，等等我！」
「……」球形艾斯特默默的在後面跟著，倒不是不能跑，只是他很擔心，如果再離開，陛下會不會再做出什麼過激的舉動。他想要觀望一下，以及弄清楚，那人也對她說過同樣的話……到底是不是真的。

★◎★◎★◎★◎

因為現在這個情形實在是不好見人、也容易引起他人擔心的緣故，路上莫忘拿出手機發了封簡訊給留下的眾人，而遺落在其中的東西也拜託自家小竹馬把它們帶回來，反正其中沒有買給他的禮物，也不怕暴露「天機」。

在「雲霄飛車」的幫助下，幾人很快回到了家中。

「小小姐陛下，您想在哪裡下車？」賽恩揹著她繞著客廳轉了一圈。

「……沙發就可以了。」

「得令！」

「……」這傢伙還玩得挺開心。

真正坐在沙發上的那一秒，莫忘長舒了口氣。咳，雲霄飛車有風險，乘坐需謹慎。

「小小姐陛下，水。」賽恩殷勤的送上一杯水。

「謝謝。」

喝了兩口水後，她轉頭看向站在客廳裡的兩人。

繼續保持著得瑟態度的格瑞斯圍著艾斯特轉圈圈，時不時還發出兩聲「老實點」的聲音；後者無力望天，顯然對這樣的情況很苦手。

莫忘深吸了一口氣，拍了拍身旁的沙發，「好了，讓我們來好好談談。」

「好的。」金髮少年笑著就坐在了她身邊。

「……」這傢伙還真是不客氣。

著。」

與此同時，格瑞斯也在她對面的沙發上坐下，順帶踹了一下艾斯特，「你給我在一邊站

艾斯特：「……」默默坐下。

「喂！」

莫忘扶額，這都是些什麼事啊！她不得不出言勸道：「格瑞斯，我知道艾斯特回來你很激動，待會我會留給你們單獨相處的時間。」

格瑞斯：「……」誰、誰激動啊？！

艾斯特：「……」總覺得陛下微妙的誤會了些什麼，是他的錯覺嗎？

「咳！」不管這兩人是怎麼想的，莫忘輕咳了一聲，示意眾人安靜後，再次說道：「好了，艾斯特，你先給我說明一下，現在到底是個什麼情況？」

「可是，陛下您……」

「先別管我的事！就算要死，難道會突然天降一群隕石砸死我嗎？你的事才是……」

「哇！流星雨！」樓下突然有人大聲喊道。

屋中所有人：「……」

莫忘淚流滿面的抽嘴角，天、天降隕石啊呵呵呵呵……看來說話真的不能口無遮攔，太

危險了。

她再次輕咳了聲：「好，說吧！」

艾斯特微嘆了口氣，知道無論如何都無法改變這位陛下的意志——看似溫和但骨子裡卻有著不輸給任何人的韌性。

為了縮短時間，艾斯特言簡意賅的說起了自己的問題。他敘述的內容大致上與格瑞斯所說的吻合，而他身上的情形，應該是中了詛咒，但即使是他，也不知道這到底是何種詛咒，也更不知道該如何破解。

唯一可以確定的是，這些自心臟處蔓延而上的漆黑藤蔓正在一天天吸收著他的生命力。

艾斯特說完後，垂下眼簾。現在的他，恐怕連賽恩都不會是對手，就算想再次逃離也無計可施。

「詛咒……」莫忘看向格瑞斯，「你很擅長這個吧？之前賽恩身上那個……」

「不，陛下。」紫髮青年卻搖了搖頭，「我所擅長的是魔法陣，而擅長詛咒疾病的……是那傢伙。」

「那傢伙？」莫忘敏銳的抓住了這個關鍵字，「誰？」

就在此時，艾斯特直視向同伴，目光中是滿滿的不贊同。

沙發上的女孩一個抱枕就糊了他一臉，「別管他，你接著說！」

艾斯特：「……」陛下您……

格瑞斯：「……」陛下威武霸氣！他清了清嗓音，接著說道：「那傢伙是指瑪爾德。」

「瑪爾德？那是誰？」

「也是陛下您的守護者。」格瑞斯緊接著說道：「算是除我們三人外的魔力最強者，只是那傢伙的性格實在是……」

賽恩笑了，「前輩，你居然背後說自己的前輩壞話！」

「……賽恩，你現在在當面說前輩壞話！」

「玩笑禁止！」莫忘大手一揮，順帶也八卦了句：「你的前輩？」

「嗯。」格瑞斯無奈的點了點頭，「那傢伙論年紀，比我還要大上幾歲。但是性格……咳，這個姑且不談，他最擅長的就是治療與詛咒方面。」

「那麼……」

「陛下，請放棄這種想法。」

「你閉嘴！」又一個抱枕糊了上去。

這一次，艾斯特微微側身就將其躲開，他冰藍色的眼眸注視著女孩，認真的說：「能為您付出生命是每一個守護者夢寐以求的事情，所以，陛下您無須為此感到內疚。」

「……」莫忘被氣笑了。她默默的伸出手，賽恩瞬間狗腿的將一個抱枕再次放到上面。她一甩手，又將抱枕糊了上去，「都說了閉嘴，沒聽懂嗎？」

「……」艾斯特微微一動，纏繞在身上的繩索瞬間寸寸斷裂，落了一地，只一伸手，便接住了女孩丟來的抱枕，「陛下，您的安危才是第一位，我的事情實在微不足道。」說完，他轉頭看向同樣來自魔界的其他兩人，「該怎樣抉擇，難道你們心中沒有數嗎？」

「呵呵，抉擇……」莫忘突然冷笑了起來，「真正蔑視我的人是你吧？艾斯特。」

「……」

「什麼都沒有和我談過，就自顧自的下了決定。既然都決定要一個人去死了，現在又來管什麼我的死活呢？」她的語氣漸漸冷了下來，「一個死人怎麼管我？」

「……」艾斯特的眸中閃過深邃的疼痛，顯然對於這個問題的答案，他也不知曉。原本他認為只要離開，就可以好好的保護陛下，然而殘酷的事實卻證明這樣似乎也是沒用的。

那麼，究竟該怎麼做，才能更好的保護她呢？

莫忘深吸了一口氣，剛才那樣的語氣本身就不符合她的性格，注視著對方越加蒼白的臉色，她心中有著濃厚的愧疚，因為她很清楚，無論對方做出怎樣的選擇，出發點其實都在於她身上，問題是……那些選擇或許很好很好，卻不是她想要的。她想活，卻是想明明白白的活，而不是稀裡糊塗的坐在他人屍骨堆成的座位上傻樂。

那樣……即使能活下去，付出的代價也未免太大了吧？

她承受不起，也不覺得自己有資格承受。

「無論結果怎麼樣，我們就不能先好好的談一下嗎？」她接著說道：「我並不想死，或者說我比任何人都珍惜生命，但是你的生命對我來說也同樣重要，說『不亞於我自己』或許是騙人的，但也不會低上多少。我不可能以犧牲你為代價活下去。而且，事情就真的走上絕路了嗎？就真的沒有其他的希望嗎？」她的語氣越加緩和，「不要那麼快就放棄好嗎？」

說著，莫忘跳下沙發，走到艾斯特的身邊，認真的看著他。

在最艱難的時候，這個人出現在她的身邊，改變了一切。她也想這麼做試試，雖然這想法可能自大過頭，但做過了，即便失敗，也比什麼都沒做過就放棄要強。

「陛下……」

「……你這個一激動就下跪的毛病怎麼就是改不掉？」

「恕我失禮……」

「算了，我都習慣了。」

莫忘勾起嘴角笑了笑，轉頭看向一旁的人，「好了，接著說！」

「是！」披散著長髮的格瑞斯也笑了出來。小時候所看的書一點都沒錯，雖然性別和體型稍微發生了點變化，但是這一位的的確確是他們所期盼的魔王陛下，這一點毋庸置疑。

經過格瑞斯的解釋與艾斯特的補充，莫忘大致明白了現在到底是個什麼情況。

簡而言之，想要醫治艾斯特，必須要打開空間之門，將那位精通治療與詛咒的瑪爾德召喚過來。

但問題就在於，對方既然能在賽恩的身上打上標記，那麼很可能也會對瑪爾德做手腳，而且還可能是大手腳。

因為這次與之前不同。

按照召喚順序可以清楚的看出，其中的軌跡是由強到弱。咳，雖然格瑞斯很不服氣，但其他人心裡都明白的。

艾斯特毫無疑問是最強。

緊接著是格瑞斯。

再來是賽恩，這位雖然年輕，但已經展現出了強大的魔力和發展潛力。

而瑪爾德年紀雖然相對較大，卻因為性格和專長的緣故而不愛爭鬥……咳，據說實戰能力為零。

「所以他們先期想必是觀望。」艾斯特彷彿完全忘記了自己的狀況，冷靜分析說：「千方百計在賽恩的身上打上標記，作為計畫的前奏。」

「為什麼不是格瑞斯？」莫忘隨即問道，在艾斯特被召喚來之後，其他人想必就注意到了她在這個世界的事情吧？但隨即，她又恍然，「對了，他很擅長這方面。」

「應該是這樣沒錯。」格瑞斯補充說道：「在那之後，我們就陷入了被動。」

賽恩也點頭說道：「沒錯，為了治療被詛咒者，我們勢必要召喚瑪爾德。」

「所以說，如果再召喚，我們面臨的必然會是危險的陷阱。」格瑞斯扭過頭瞪了某人一眼，「這也就是某人非走不可的理由！」

艾斯特：「……」事實上，對方說的也沒錯，如果再繼續留下的話，陛下為了救治他，絕對會冒險打開空間之門，那麼……他絕不能讓她冒險！

「但是，為什麼會是艾斯特前輩呢？」這一次，是賽恩問出了之前莫忘問過的問題。

幾人紛紛沉默，情形變得稍微有些尷尬。

就在莫忘重新張口準備轉換話題的時候，艾斯特突然說道：「……因為施法者，是我的弟弟。」

「弟弟？」

「前輩的弟弟？」

除去早已被告知的格瑞斯，莫忘與賽恩均驚呼出聲。

最大反派居然是受害者的弟弟什麼的……莫忘恍然間有了種看《火●忍者》的錯覺……

不對，好像哪裡反了，算了，重點不在這裡！

怪不得之前和艾斯特談論家庭時，他提到家人會那麼猶豫，這就是……原因嗎？

「那麼就可以理解了。」對魔法陣很有研究的格瑞斯解釋：「並不是針對艾斯特，而是他是最好的選擇。」到這個時候他都不忘詆毀自己的死對頭，「誰都知道那傢伙頭腦簡單、四肢發達。」

艾斯特：「……」

賽恩：「哎？那不是前輩你評價我的嗎？」

格瑞斯：「……」第一次聽到有人主動找罵啊！他輕咳了聲，接著說道：「而我的話，可能是因為學識太淵博，他們害怕被我發現。」

「咳咳咳！」眾人同時咳了起來。

「嫉妒，你們這是嫉妒！」很是自信的格瑞斯又道：「至於賽恩，可能是因為魔法陣銘刻在他身上，所以沒辦法對他本人造成傷害。」他頓了頓，又說：「而陛下……或許是擔心您的魔力過於強大，詛咒對您未必有效。」

「居然有這麼多原因嗎？」莫忘覺得自己的腦袋有點暈了。

「不僅如此——」被誇獎了的某人更加精神抖擻了，「穿越時空施法，其實是很容易失敗的，但如果可以『溯源』就不一樣了。艾斯特和那個人是兄弟，就意味著他們體內流淌著相同的血液。用他自身的血液做引，或者乾脆用刻意收集過的艾斯特的血液，便可以精準的完成定位。」

「原來如此。」

「還有……」

「還有？」喂喂，居然有著那麼多陰謀嗎？

「是的。」格瑞斯點頭，「可能還考慮到了感情問題。」

「感情？」

「這傢伙，因為運氣最好的緣故，陪伴您最長時間。」想到此，某人很不爽，「可能是陛下您最難割捨的守護者，所以……」

格瑞斯輕哼了聲：「艾斯特，你弟弟很厲害啊……」

艾斯特：「……」這讓他怎麼回答才好？最終，這位哥哥嘆了口氣，「他從小就很聰明，可惜沒有將這份智慧放在正確的地方。」

「……喂，你怎麼又跪了？」她難道在「百分百空手接白刃」後又觸發了「百分百射膝蓋」的技能？救命！

艾斯特垂下頭，「陛下，請原諒我沒有早點發覺這件事，以至於差點造成您的危險。」

「呃……」這種說法的意思是，艾斯特是中招後才發現主使者是自己的弟弟嗎？這可真是……她嘆了口氣，「又不是你的錯，誰都無法去懷疑自己的親人吧？」她拉住他，「起來了、起來了，現在我們該考慮的也不是這些。」

「沒錯。」格瑞斯點了點頭，隨即說：「快，把衣服脫掉吧。」

艾斯特：「……」

「喂！你那種懷疑的眼神是怎麼回事啊？！」格瑞斯怒了，「說不定我能找到解決的方法呢？脫！脫！脫！！！」

莫忘：「……」又來了，那種「總覺得哪裡不對」的感覺……不過試一試也是好的，於是她對某人點了點頭。

得到陛下的許可，格瑞斯這傢伙激動了，直接就朝死對頭衝上去，稀里嘩啦一頓扒拉，心裡那叫一個得意：多少年了，總算能看到你這傢伙狼狽的樣子了！每一次、每一次都保持著淡定的死人臉，萬年不亂的頭髮和一絲不苟的穿著，簡直可惡到了極點！

而現在……

「嘿嘿嘿嘿嘿……」

一切將成為過去！

即使鎮定如艾斯特，也覺得這個情況有點糾結……問題是這是陛下的命令啊！即使他再不樂意，也不能違背她的意願。更何況，依照他現在的身體情況，也完全不是某人的對手。

就在此時，傳說中的「勇者大人」手提兩個塑膠袋，帶著兩個小夥伴，大模大樣的從莫忘的臥房走了出來，「妳丟在電影院的東西我幫妳……」

話音戛然而止。

精神受到了巨大衝擊的石詠哲目瞪口呆看著眼前的情形，機械性的轉過頭，問自家小青梅：「什、什麼情況？」

「啊？」莫忘也愣了一下，隨即老實的回答：「脫衣服啊。」

「……」少年吐血！

——這叫什麼回答啊啊啊啊啊喂！

「艾、艾斯特大人？」白貓激動了，只見牠一個箭步就衝了上去，直接跳到了格瑞斯背上，狠狠就是一口，「給我放開男神！」

「嗷——」格瑞斯慘嚎出聲。

白貓大叫：「等一下，艾斯特大人，我馬上就拯救你！」

格瑞斯怒了：「勇者，給我管好你養的貓！」

石詠哲：「……」扶額，他到底是來這裡做什麼的？

他默默丟下手中的塑膠袋，轉過身，惆悵了。而後突然覺得褲腿被人扯了扯，他一低頭，發現某隻白狗正對他露出猥瑣的笑容。

「少年，恭喜你打開新世界的大門。」

「……」石詠哲面無表情的踩！

「嗷！」白狗叫了聲後倒地。

「阿哲，你等一下！」莫忘跑過來一把抓住自家小竹馬，「正好我有事想找你。」

「這事……？」他默默瞥了一眼身後的慘烈情景。

「是啊。」

「……」

到此時，莫忘終於察覺出哪裡不對了，略一想，她滿頭黑線，跳起身就朝某人腦袋上一拍，吼道：「笨蛋，你想太多了！」

石詠哲斜眼看她，「妳沒想怎麼知道我想太多了？」

「……別鬧！」

石詠哲輕哼了聲：「妳別鬧才是真的。」

「你……」

「妳……」

就在此時，身後傳來這樣一聲：「陛下，我完成了！」

聽這邀功的聲音就知道是誰了，兩人同時回過頭，發現艾斯特的衣服果然被扒了……當然，是上衣。

「那是什麼？」石詠哲嚇了一跳，原因無他，他看到了青年的胸口、心臟處，一大團漆黑的紋路聚集在一起，仔細看去，恍若一朵蜷縮成團、尚未綻放的花朵，而以它為中心蔓延出的黑紋則像是它的枝葉，盡情舒展著自「泥土」中汲取養分。

紋身？絕對不是。

沒有理由，他就是如此認為。

緊接著，莫忘稍微向他解釋了一切。

石詠哲當然比自家小青梅要更能體會現在的情況，很快就做出了判斷：「就是說，你們這邊沒有辦法召喚出能夠治療的人，所以需要我的幫助？」

「嗯，就是這樣！」莫忘點頭後，心中又有些許忐忑，這樣的想法會不會給他添麻煩？畢竟……某種意義上說，他們還是敵對身分呢。

「我……」

「我贊成！」正在自家男神褲腿上一陣猛蹭的白貓高高的舉起了爪子，「艾斯特大人的事情就是我們的事情！」

石詠哲：「……」喂喂，背叛的也太快了吧？

「哼，真是可恥！」白狗冷哼了聲，「你這個叛……汪～～～」牠的死魚眼瞬間變成了星星眼，注視著被金髮少年送來的一小堆蛋糕，一隻肉墊捂住心口，「都給我嗎？」

「嗯嗯。」

「勇者！」白狗毅然決然的回過頭，瞪向自己的小夥伴，大聲道：「在這種能夠幫到他人的時刻，你到底還在猶豫什麼？太可恥了！」

石詠哲：「……」喂喂，這位背叛的更加快了吧？節操呢？！

好在，他本來就沒想拒絕自家小青梅。

因為從小一起長大的緣故，在很多事情上，其實他們的觀點是一致的——人命關天，其他事情可以暫且放一放。

可問題是……

「你們似乎需要的是治癒型的聖獸。」而魔界，還沒辦法把爪牙伸進聖獸之林。話又說回來，是壓根不會想到勇者會幫助魔王吧？

「嗯，或者驅散類。」

「但是……」石詠哲無奈的扶額，嘆一口氣，「我沒有辦法定位類型。」或許之前的勇者能夠做到，但不代表他可以。

莫忘愣住，隨即才想到自己想的似乎有些理想化，她有些不死心的問：「真的一點辦法都沒有嗎？」

「……或許透過練習可以，但是……」

他的話沒有說完，但其他人也明白其話中的意思——艾斯特真的能撐到那個時候嗎？

在衣服被脫去的情況下，其他人能夠更加直接的看到——他胸前的花朵正在一點一點綻放。雖然速度極慢，但情形依舊不容樂觀。

「如果是那種狀態呢？」莫忘突然想到，「如果是你精神分裂的時候呢？」

「……喂！」什麼精神分裂，也說得太難聽了吧？不過，「我也不清楚。但是，那種情況下的我，真的會幫助你們嗎？」石詠哲不禁懷疑了。

「……」那似乎也是個問題，但有嘗試就有機會嘛！

「我明白了。」面對著自家小青梅期盼的眼神，不到一秒鐘石詠哲就敗退了，但緊接著他又皺起了眉頭，「那傢伙的出現完全沒規律，該怎麼……」

「這個我有辦法！」白貓突然舉起了手。

「哈？真的？」

「當然！」白貓一邊蹭著自家男神，一邊自信滿滿的說：「太複雜了你也聽不懂，總而言之，為了引起共鳴，做他最喜歡做的事情就可以了！」

「什麼？」石詠哲默默流汗，「你是想讓我打小忘嗎？」

「咦？也可以啊！」

「喂！」

「下限呢？少年。」一嘴蛋糕屑的薩卡一邊享受著金髮少年的餵食，一邊非常鄙視的看了眼自家小夥伴，「總想著摻女孩，活該一輩子脫不了團。」

「喂！」

白狗再次說道：「更簡單的辦法不是有嗎？」

「你是說？」

「搶棒棒糖啊！」某狗非常淡定的說出了超級沒下限的話語。

石詠哲瞬間淚流滿面，「搶到了然後都給你吃嗎？」

「當然！反正你也不愛吃甜食。」

「……」

——救命！這群傢伙到底是有多坑爹啊？！

第七章

魔王陛下就是尋召喚新守護者

「……大姐，妳放過我吧，做不到啊！」

石詠哲淚流滿面，為什麼他會在週一下午放學後，猥瑣兮兮的蹲在路邊，準備搶小孩子的棒棒糖啊？！一定有哪裡不對吧？

「別鬧了！」莫忘很嚴肅的說，「人命關天呢！而且我們都走到這一步了，怎麼能夠退縮呢？」

「……因為搶糖的人不是妳吧？」

「咳！」

沒錯，為了引出「勇者」，石詠哲被迫要開始搶棒棒糖，這個舉動順帶還可以幫助他積攢魔力。

當然，本身他的魔力就是足夠召喚新夥伴的，只是他一直懶得弄而已——家裡養了兩隻糟心的動物就夠了，他不想再增加數額啊喂！

「沒事，不丟人。」莫忘不知從哪裡摸出了一張兔斯基的面具，隨手往自家竹馬臉上那麼一套，猥瑣屬性瞬間又增加了幾百個百分點，「好，這樣就沒人認出你了，萬無一失！」

「……妳確定？」

「不然，你再換個女裝？」

「妳夠囉！」

「好了，別鬧。」同樣蹲在路邊的莫忘看向不遠處那一群放學回家的小孩子，「他們要過來了。」她默默的雙手合十向滿天神佛告了個罪，她當然知道搶奪孩子的食物非常可恥，但是為了救艾斯特的命……再坑爹的辦法，也要努力嘗試一下啊！

「……」到底鬧的是誰啊？！

「上吧！」

眼看著孩子們終於過來，莫忘一手就把自家小竹馬推了出去。

石詠哲踉蹌了幾步，淚流滿面的站在街道中央，正不知道該說些什麼，對面的小正太、小蘿莉們突然集體發出了尖叫：「快跑啊！棒棒糖大盜又來了！」

石詠哲：「……」QAQ 雖然這種事似乎不是第一次做了，但到底心情複雜啊……

莫忘：「……」這傢伙還敢說自己沒經驗？明明臭名遠揚嘛……

「別、別跑！」

石詠哲心一橫，啪嗒啪嗒就衝出去了，小孩子哪裡跑得過他，於是不過片刻，這群孩子手中的棒棒糖就被他搶了個乾淨。尤其是某個小胖，手裡拿著一根，口袋裡還放著兩根。石詠哲本來只想搶他手裡的，結果跑到面前，不知為何手一抖，就把另外兩根一起搶走了。

小胖留下了悲桑的眼淚：「嗚哇！為什麼你每次都搶我的最多？」

石詠哲：「……」似乎是因為搶小胖的可以得到更多的魔力值啊。

突然，他瞬間僵住。

救命！他為什麼非要做這種壞事不可啊？！

就在此時，他看到自家小青梅正在對自己拚命做手勢——撤退？

——啊，對了，撤退！

於是，石詠哲兩手抓著棒棒糖火速逃走。

同時，莫忘提著滿袋子的棒棒糖跳了出去，跑到小蘿莉、小正太面前拚命分發，「來來來，大家吃！」

想要召喚第四人，她也需要充足的魔力，雖然這種事只是小事，魔力值並不算多，但是蚊子腿再小也是肉啊！而且就算拿不到魔力值，也不能真讓這些孩子哭著回家吧？他們是無辜的。

「謝謝姐姐。」

莫忘多給了兩根給可憐的小胖，「不客氣。來，小胖，多給你兩根。」

誰知他卻哭了出來，「……嗚哇！我媽媽說我一點都不胖的，是壯實！」

「……好吧，小壯，多給你兩根。」

「謝謝姐姐。」

莫忘乾笑：「啊哈哈哈，不客氣。」

分發完畢後，莫忘火速衝回了石詠哲的身邊，連聲問：「怎麼樣？怎麼樣？有沒有什麼要出來的感覺？」

「……完全沒有。」

「嘖，還不夠嗎？」她抬手一看錶，「附近的幼稚園快要放學了。」

「……下限呢？！」

可惜，他沒啥選擇的餘地。

於是，這一個下午的工夫，就在「少年不斷搶糖，少女不斷發糖」中度過。可惜，直到最後，也沒成功的把「勇者大人」引出來。

對此，莫忘雖然早有心理建設，卻依舊有些失望。而石詠哲則是淚流滿面，因為……這樣就意味著他明天還要繼續做猥瑣的事情。

好在第二天，千呼萬喚始出來的某人終於在眾人的期待中登場了。

「啊哈哈哈！魔王，給我納命來！」

沒錯，對於勇者來說，最大的目標當然是推倒魔王。

於是，莫忘就悲劇了。

「冷、冷靜點！」

「少廢話！今天一定要和妳分出個勝負！」

莫忘努力勸說：「我們先談談……」

「誰要和妳這個邪惡的傢伙談話！看劍！」

莫忘依舊在努力的說：「我其實有事……」

「哼哼哼哼，以為這樣就能夠躲過嗎？太天真了！」

「……」

什麼叫雞同鴨講？這就是啊！

莫忘淚流滿面，「你就不能認真的聽我說話嗎？！」

「別鬧！我們在戰鬥，戰鬥懂嘛？！」

「……」混蛋！到底誰在鬧啊喂！

最後，莫忘還是忍無可忍的空手接了勇者的白刃，再扯出他的雙手一個翻轉，惡狠狠的把他按到了旁邊的樹上，「你給我老實點！」

「卑鄙的傢伙！快放開我！」勇者不停的扭動掙扎。

「……別動！」

「放開！給我放開！」

「……」嘖，這傢伙真是太吵了。平時還有辦法讓他安靜，但現在完全沒辦法好嗎？因為不能讓他消失啊！

就在此時，附近有孩子牽著媽媽的手路過，視線瞬間被他們吸引了。

「媽媽、媽媽，那兩個哥哥姐姐在做什麼啊？」

「別看！」媽媽一把捂住孩子的眼睛。

「啊？」

「世風日下啊。」媽媽鄙視眼看過去。

莫忘：「……」QAQ她招誰惹誰了啊？

勇者：「看到沒？人家都在為這邪惡壓制正義感到羞恥了，還不快放開我？！」

莫忘：「……」親，重點根本不在這裡好嗎？！她深吸了口氣，努力壓制住自己當場把某人打爆的衝動，盡量溫和的說：「勇者啊，你現在可以召喚第三個夥伴了嗎？」

「妳有什麼陰謀？」雖然脫線，但這傢伙對於死對頭的警惕性還是很足的。

「我能有什麼陰謀呢？只是奇怪你為什麼不增加自己的實力呀！」莫忘突然想起了什麼，很明智的喊道：「我們不是一直在光明正大的打鬥嗎？！我現在身邊有三個守護者，你才兩個小夥伴，我勝之不武啊！」

「誰說妳勝了啊？正義是永遠不敗的！」某人炸毛了。

「……」親，重點依舊不對啊？！

就在莫忘再次想捏爆某人的頭時，這傢伙的思維似乎終於轉了回來：「說的也是，我也該考慮召喚第三個夥伴了。」

「嗯嗯，那你想召喚個什麼類型的呀？」

「我……」勇者再次警覺，「妳想對我的夥伴做什麼？」

「……」莫忘覺得自己已經不想再和這個白目繞彎子了，「你能召喚治癒或者驅散型的出來嗎？」

「當然可以！」

「那……」

「可我為啥要聽妳的？」勇者鄙視看她，「我們可是死對頭！」

「……」

莫忘當然知道這一點，一些陰謀詭計在白目的面前似乎都是不適用的，因為他們壓根聽不懂，這種時候……果然只能憑藉女性的直覺啊！

回憶起從前和這位的相處片段，莫忘突然鬆開他，而後蹲了下去，肩頭微微聳動。

「哈哈，終於脫困了，魔王，看我……哎！」驚！被嚇到了的勇者大人連連後退，直接貼到了樹上，他愣了好半天，才低頭看了看自己的手，「我什麼時候學會瞬發魔法了？」居然把魔王弄趴了。咦？好像有點不像？難道有什麼詭計？

勇者大人下意識又退了退，而後淚流滿面——沒路了，後面是樹……

「喂……」

「……」

「魔王！」

「……」

「我打妳了啊！」

「……」

「我真打妳了啊！」

「……」

「……妳到底想做什麼啊？！」

莫忘稍微抬起頭，瀏海遮住了她的表情，「你召喚治癒或者驅散型的聖獸行嘛？」

「不行！」堂堂勇者，怎麼能聽魔王的話呢？絕對不行。

「……」肩頭聳動得更厲害。

勇者結結巴巴的說：「……不不、不帶這樣的啊！妳這是作弊！是魔王就勇敢的站出來單挑！」

「……」莫忘覺得自己的肩頭要抖掉了。

勇者終於沒忍住，屈服了，「召喚！我召喚還不行嗎？！」

「真的？」莫忘追問了句。

勇者連連點頭，「真的、真的。」

「哦。」莫忘站起身，「那召吧。」

「……」這種突如其來的上當感是怎麼回事？

但是，勇者大人是誰啊？除去搶棒棒糖外就沒做過啥猥瑣事，出爾反爾什麼的……做不到啊！

於是，他真的開始召喚了。

過程不必贅述，一陣耀眼的光芒後，拇指大小的緋紅色光球自魔法陣中飛射而出。

「我最忠實的夥伴，回應我的呼喚吧！」

不得不說，這類中二的臺詞，勇者大人比正常版的石詠哲說得順口多了，因為他已經徹底拋棄了羞恥心。

「吱！」

莫忘：「……」這聲音……這聲音很不妙啊！

究竟是什麼聖獸會發出「吱」的叫聲呢？

答案只有一個——老鼠！

莫忘簡直要替某人哭了，這到底是什麼運氣？貓、狗，再加上這隻老鼠，這傢伙是想構成一個小型的「生物圈」嗎？別鬧了！

出現在兩人面前的果然是一隻渾身潔白的老鼠。

莫忘：「……你和白色好有緣分。」

「哼哼哼，那當然，只有這樣的顏色才能代表我純潔的靈魂！」

「……」不，她覺得應該是腦袋才對。

這隻老鼠約小型兔的尺寸，雖不算大，但就鼠類而言無疑算是很突出了。當然，最奪人眼目的還是牠鼻梁上架著的單邊眼鏡，以及身上穿著的深灰色小袍子，雙腿再那麼一直立，怎麼看怎麼有「文化鼠」的派頭，讓人難以小覷。

「是你啊，尼茲。」薩卡與這隻老鼠顯然是認識的。

「原來是你，薩卡。」白鼠看了眼白狗，淡定的說：「其他人還猜測你是不是睡著睡著就把自己餓死了，原來還活著啊。」

薩卡頓時怒了：「喂！你那種小看人的語氣是怎麼回事？你這個傲慢的傢伙，小心我咬死你！」

「呵。」

「混蛋！看我……」

「等一下！」莫忘一把抱住大白狗，隨手從口袋裡抓出一把糖丟到牠嘴裡，「乖，別鬧啊，一邊蹲著去。」

「汪～～～」某人很沒節操的跑了。

勇者跳出：「魔王，既然召喚出……」

「我打！」莫忘默默的又砸出一拳頭。

很好，殘局收拾完畢。

被利用完的勇者就那麼被丟進了不知哪個角落裡，正常版本的小竹馬又回到了人間。

「嘶……」石詠哲揉著頭，有點不滿的說：「妳下手也太重了吧？」

「我也沒辦法啊，萬一一擊不中，再一擊不更痛嗎？」

「……」石詠哲很乾脆的放棄了這個話題，低頭看向地上的白鼠，「尼茲是嗎？」

「你就是我的契約者嗎？」白鼠沒有直接回答，而是推了推單邊眼鏡，觀察了石詠哲片刻後，點了點頭，「相貌還在我可以忍受的範圍內。」

「……」這種自戀的語氣是怎麼回事？！石詠哲抽了抽嘴角，努力抑制住掐死某鼠的衝動，輕咳了聲後說道：「你是什麼類型的聖獸？」他真心不確定那個不可靠的傢伙能召喚出正確的聖獸。

「看不出來嗎？」白鼠問。

「……看不出來。」

「眼光真差。」

「……」

莫忘望天，她家小竹馬的運氣還真夠差的，屢次被自己的召喚獸鄙視算是怎麼回事啊？

石詠哲被這隻老鼠的態度弄得有點怒：「你敢直說嗎？」

「呵。」

「……」好氣人！這傢伙真的好氣人！

「等一下……」莫忘一把拉住差點暴走的少年，蹲下身說道：「你是治癒型的？」

「你身上的味道……魔族的走狗？」

「……啊哈哈哈，你鼻子好靈。」怎麼辦？她突然也好想揍人……不，揍老鼠！

「那是當然的。」白鼠推了推眼鏡，「臭味太明顯了。」

「……」喂！身為一隻老鼠到底有啥資格說這種話啊！

莫忘默默捏緊拳頭，看向身旁的石詠哲，「我要揍牠一頓，你有意見嗎？」

「完全沒有。」而且舉雙手贊成。

「呵呵呵呵……」那她就不客氣了啊！

「勇者，你居然和魔族的走狗勾結了？！」即使是一直保持著淡定的白鼠，此刻也大驚失色。

「哎嘿嘿……」莫忘毫不客氣的伸出手，一把抓住某隻老鼠，露出個陰暗的笑容，「該從哪裡吃好呢？」

「……我不是治癒型的。」關鍵時刻，尼茲展現出了「視節操如糞土」的精神。

「那麼驅散型？」

「也不是。」

「……」雖然心中早已做好了準備，但女孩的心中還是湧起了強烈的失落感，果然……失敗了嗎？還有其他方法嗎？如果都不可以的話，那麼艾斯特……

「真的假的？」石詠哲因為吃了很多虧的緣故，對自己的召喚獸顯然不太信任。

「牠說的是實話。」說話的人是白狗薩卡，「這傢伙雖然臭屁，但說謊之類的事情卻很少做。」

「那是當然。」白鼠早已趁女孩怔愣間靈敏的跳到了地上，整理了下身上的袍子，「我和某些為了些許甜食就可以拋棄下限的人可不一樣。」

「……」薩卡沉默片刻後，淡定的說道：「你們還是弄死牠吧。」

「等一下！」或許是察覺到了性命危機，尼茲後退了兩步，連忙說道：「雖然不知道你們為什麼需要治癒或者驅散型的聖獸，但應該是有人受到了傷害吧？我或許可以幫忙。」

「真的？」

「差不多。」這一次插嘴的又是薩卡，「這傢伙雖然猥瑣，但好歹也是被稱為『移動圖書館』的老鼠。」

莫忘：「……」這樣的稱呼放在老鼠身上一點都不霸氣好嘛！

但不管怎樣，有希望總比沒有希望要強。

★◎★◎★◎★◎

幾人回到了莫忘的家中。

昨晚在魔王陛下魔力的壓制下，艾斯特身上的符文已全部縮回了胸口，但是現在還沒天黑，這些黑藤便又重新鑽了出來，並且它們出現的週期越來越短，而莫忘每次使用魔力後都需要休息，即使儲備再強大，也不可能頻繁的損耗。明眼人都知道……這是無解之局。

情況只會一天比一天更糟糕。

「居然是詛咒嗎？」被稱為「移動圖書館」的白鼠尼茲，在看到魔紋的瞬間就做出了判斷，「還是很稀有的雙生藤。」

莫忘連忙問道：「什麼意思？」

「是親人對他下的吧？」

「……」又中了。

「而且血緣還很親密啊。」尼茲推了推眼鏡，不知從哪裡掏出一本書，翻找了幾頁後，指著頁面道：「在這裡。」

幾人連忙湊到書前，雖然書上的字很小，但上面的圖案明顯和青年身上的一模一樣。

「雖然聽起來神秘，但是這種詛咒本身其實並沒有那麼複雜，只是施法材料比較難找，並且用的人少，所以才漸漸失傳罷了。」尼茲合上書，淡定的說道：「不過是把一方的生命力轉移給另外一方，而到最後……」

莫忘急切的問道：「會怎麼樣？」

「他的靈魂會完全枯萎。」白鼠指向艾斯特，「然後變成沒有意識的傀儡。」

莫忘喃喃低語：「怎麼會……」

「很少會有人對親人下這樣的毒手啊。」尼茲輕笑了兩聲，「要麼是你很討人厭，要麼是你的親人很討人厭。」

艾斯特：「……」

——聽到這樣的消息，他一定很難過吧？

莫忘下意識的看向艾斯特，畢竟是自己的親人啊……爸爸媽媽並不是存心想要傷害自己，她之前都痛苦成那個樣子，那麼艾斯特心中到底是怎樣的感受呢？

不親身體會想必很難理解，然而……

她猛地拍了拍手掌，「現在的問題不是這個啦！」

格瑞斯也回過了神來：「沒錯，重點是該如何破解這個詛咒，有方法嗎？」

「有。」尼茲很肯定的說道：「而且還不止一個。」

「哎？」驚喜來得太突然，以至於所有人都愣住了。

片刻後，莫忘才微抖著聲線問：「都是些怎樣的辦法？」

就在此時，白貓突然跳起身，一把拉上了窗簾；與此同時，薩卡站直身體，警惕的看向四周。

「怎麼回事？」

其餘人紛紛做出了警戒的姿態。

「不用緊張。」薩卡舉了舉肉墊，「我們只是想起來，電視劇裡每當這種時候，掌握著線索或者辦法的人總會被幹掉。」

布拉德應和說：「我們在以防萬一而已。」

其餘人：「……」這種時候求別鬧！

「白痴。」尼茲鄙視的看了一貓一狗一眼，很是滿意所有人都將注意力集中在牠身上，於是接著說：「最簡單的方法就是找到精通這方面的人。不過，看你們的樣子，應該是沒有找到。」

「還有個更加簡單的方法。」牠重新翻開書頁，「嗯，就在這裡，你們這裡有人精通魔法陣和魔紋嗎？」

「有！」莫忘精神一振，「有的。」格瑞斯就是啊！

「很好。」白鼠點了點頭，「那麼，可以讓這個人按照書裡的方法，修改印刻在他胸前的魔法陣。」

「那是魔法陣？」莫忘訝異的注視著那蜷成一團的可怕花朵。

「準確來說，是它的花心。」尼茲說道：「當它完全盛開的時候，你們有個機會。」

「然後呢？」

「在那種時候詛咒已經不可消除，但可以反轉。」

「反轉？」莫忘的心中湧起了些許不好的預感。

下一刻，白鼠尼茲說出了這樣的話——

「是的，把詛咒反回去，讓施法者自作自受！」

「……」就是說讓艾斯特得到他弟弟的生命力，然後再讓對方變成沒有感情的傀儡嗎？這種事情……他怎麼可能會同意？

「除此之外呢？除此之外還有什麼方法？」

「你以為這是糖果嗎？一顆不好吃還能換一顆。」

「……」

對話以此畫上了句點。

★◎★◎★◎★◎

最終，還是一無所獲。

雖然得到了所謂的辦法，但和沒得到似乎沒什麼區別，或者說，比那還坑爹。

明明有辦法卻完全無法使用的滋味，真是糟糕透了。

在武力的威脅下，尼茲雖然答應會再想辦法，但明眼人都知道，機會渺茫。之後，事態究竟會怎樣發展呢？

莫忘也不知道，但是她很清楚，不能就此放棄。

「小忘？妳怎麼突然打電話給我？」

莫忘猶豫了下，問道：「……圖圖，能告訴我林學長的手機號碼嗎？」

「哈？」蘇圖圖的聲音聽來有些驚訝。

「拜託了。」

蘇圖圖壞笑：「嘿嘿嘿嘿，莫非……」

「……妳想太多了。」

「知道啦，馬上就發簡訊給妳。」雖說好奇，但蘇圖圖還是答應得很爽快。

「嗯，好……」

「有什麼進展一定要第一時間告訴我哦，我家表哥身嬌體弱易推倒啊哈哈哈！」

「妳夠了！」

被這麼一番插科打諢後，莫忘有些哭笑不得，那傢伙一天到晚都在想些什麼啊？

可是，等了好一會兒，都沒有等到簡訊，這讓莫忘有點焦慮，究竟出了什麼事？就在她準備再打次電話時，手機的簡訊提示聲突然響了起來。

【是小忘嗎？我是林朝鈞，圖圖說妳找我有事，不知道是有什麼事情呢？】

莫忘：「……」喂喂，那傢伙到底在搞什麼啊？

就在此時，另一封簡訊發來——

【考慮到妳就算拿到號碼也可能不好意思聯絡我表哥，我就直接讓他聯絡妳了，別太感動哦。=3=】

莫忘瞬間黑線，毫不客氣的回覆了個「再見」後，暫且與某人切斷了友情。而後她仔細斟酌，該如何回覆林學長的簡訊，可是無論怎麼想，她都覺得這種事情用電話或者簡訊的方式實在是……

【學長，你現在有時間嗎？】

【嗯，有的。】

這是實話，他目前還在醫院觀察，雖然院方依舊弄不清楚他這到底是什麼情況——身體的確在衰弱，但又沒有什麼疾病的徵兆，和莫忘之前極其相似。

「要出去嗎？」

「誰？……是你啊。」莫忘下意識回頭，發現自己的床上正站著一隻白色的老鼠。

「妳是打算去見那個預言者嗎？」

「……嗯。」莫忘猶豫了下，點頭。

「帶我一起。」

「啊？」

白鼠推了推眼鏡，淡定的說道：「在我滿足了你們的求知欲之後，妳難道不該滿足我的好奇心嗎？」

「……我知道了。」這傢伙的語氣就不能再討喜一點嗎？但是，帶著牠應該會有一點用處吧？如此想著的莫忘朝床上的白鼠伸出了手，「來吧。」

尼茲如紳士般施施然的走到了她的手掌中站好，肉墊與掌心接觸的感覺讓莫忘就覺得怪怪的，於是她將白鼠放到了肩頭，問：「能抓住嗎？」

「別把我和那兩個廢柴相提並論。」

「……」這傢伙的人際，不對，鼠際關係一定很差！

★◎★◎★◎★◎

因為格瑞斯還在拖著艾斯特研究魔法陣，而賽恩要待在一旁以防萬一，所以莫忘直接去叫了自家小竹馬，這種時候她要格外照顧好自己才可以，不能再成為他人的負擔啊。

「嗚哇，好冷。」才走出樓梯口，一陣冷風就迎面吹來，莫忘下意識伸出手裹緊圍巾，尼茲非常機靈的縮到了她外套的帽子中。

「笨蛋，已經是冬天了嘛。」石詠哲一邊這麼打擊人，一邊走到了她的身前，「老規矩走吧。」

「哦哦，不愧是阿哲，男子漢！」

「……妳只有這種時候才會這麼說。」

所謂的老規矩，不過是女孩緊跟在少年的身後，讓他幫自己抵擋一路吹來的寒風，雖然……並不會暖和多少，但是多少年的習慣了，怎麼樣都改不掉。

因為已經沒有公車的緣故，兩人選擇了一路乘坐計程車，居然奇蹟般的沒怎麼塞車就順利到達了。

「尼茲，要躲好哦，醫院是不可能允許老鼠進入的。」聽說之前薩卡和布拉德就被發現的護士們轟了出去。

「妳以為我是笨蛋嗎？」

「……」真想突然把牠丟到護士的面前。

不久後，兩人到達了林朝鈞所在的病房，他住的是四人病房，算是運氣不錯，房中加上他目前也只住了兩人，分別占據了靠門和靠窗的位置。

住在門邊的病人據說是因為腿腳不方便，而林朝鈞則住在窗邊。他們進去時，前者不在，而後者正聚精會神的看著書。

「來了啊？」

「嗯。」莫忘點了點頭，略歉然的說：「抱歉，這麼晚還打擾你。」

「不，反正我也正無聊，有人聊聊天很開心的。」身著病服更顯得清瘦的青年神色柔和的笑了起來，突而抱拳咳嗽了兩聲，「來，這裡有凳子。」

「學長，你沒事吧？不然我還是……」

「不，沒事的。」林朝鈞端起一旁櫃子上的水抿了口，「老毛病，我都習慣了。」隨即又問：「妳今天來是有什麼事情想問我嗎？」

「原來如此……」

就在此時，一個聲音突然冒了出來。

莫忘心中暗叫糟糕，可惜已經阻止不及，尼茲從她的帽子裡鑽了出來，直接跳到白色的被子上，仔仔細細的注視著青年說：「你就是那個預言者嗎？」

「……」喂！

林朝鈞愣了愣，隨即笑了出來：「噗……咳咳，小忘，妳居然會腹語？好厲害。」

「……」不，某種意義上說，林學長的理解力才是真正厲害的。

「不過，這麼大的老鼠，妳是怎麼養出來的？」

「……哈哈哈。」除了這個，她還能說什麼？

「魔力枯竭。」就在此時，尼茲再次開口。

林朝鈞再次怔住，「枯竭？」

「身體所儲存的魔力是有一定數量的，而使用魔法也需要固定數額的魔力。當使用量超過儲存量，身體就必須為此付出代價。」

「……」

「這個人一看就知是沒經過系統的學習，無法控制是否釋放魔法，再加上預言類的魔法本就不能頻繁使用……」白鼠推了推鏡片，「小子，在這樣下去，你會死的。」

「尼茲！」莫忘連忙喝止白鼠，一把將牠從床上抓回來，連聲道歉：「抱歉！對不起！學長我……」

「牠說的，是真的吧？」事情到了這個地步，林朝鈞顯然已經不把牠的話當成玩笑，而從小到大身邊一直發生不可思議事情的他，對於這種事情的接受力無疑是非常強大的。

「……」

尼茲從嘴邊推開莫忘的手指，接著說道：「既然只是個還無法控制魔力的傢伙，那麼他所說的『預言』可以暫且不必當真，畢竟這類魔法的釋放成功率不到五成，就算成功了，預言這種東西說到底也是模稜兩可的。」

「模稜兩可？」

尼茲肯定的說道：「就是說準確率其實並不算高。」

莫忘：「是、是嗎？」

——如果這是真的，那無疑是個好消息。是啊，就算被說自己也要死，但完全沒感覺到哪裡有問題啊，所以艾斯特也肯定沒事的，是這樣吧？

「你們所說的究竟是……」

「啊，對不起，尼茲，你能不能……」

「哼，真麻煩。」雖然如此，白鼠尼茲還是點了點頭，「這些天我就跟在他身邊吧，順帶教導他如何控制魔力。」牠抖了抖袍子，「他這個類型在聖獸中都是極少見的，我要仔細觀察一下。」

「……我明白了。」

之後，尼茲又告訴莫忘，如果她再不斷的使用魔法幫艾斯特壓制詛咒，遲早也會步上林朝鈞的後塵，因為「魔力枯竭」而損傷身體。

但是，莫忘的心裡有一點疑惑。

林朝鈞現在的身體情況和她之前太像了，那個時候的她也是因為無法控制魔力嗎？可是……如果真是那樣，她到底都施放了些什麼魔法呢？

怎麼想也想不出的她只能搖了搖頭，無論如何，現在的情形也不算是糟糕到極限。

然而，這種情況也只是現在罷了。

幾天後，艾斯特的身體急速衰弱，被莫忘好不容易壓制下來的詛咒，不到一個小時的時間就又重新冒了出來。

「我再……」莫忘站起身說著這樣的話，身體卻明顯的搖晃了下，額頭上也滿是汗水。

「陛下，請不要再繼續了。」臉上已爬滿了漆黑咒文的艾斯特一把握住她的手，無聲的搖了搖頭，「就算為了我，也務必請保重身體。」

「如果你死了，我再保重身體又有什麼用？！」

「……」

「對不起……」莫忘握緊對方的手，低聲的道歉，「我太激動了。」太丟臉了，這種情況下，最痛苦的永遠不會是她，可她還這樣發怒，實在是太不對了。

「不，我並不在意。」

「嗯。」莫忘輕輕的點著頭，與此同時，心中默默的下了一個決定。

★◎★◎★◎★◎

夜間——

靜躺在床上的艾斯特安靜的注視著天花板。事實上，大概是因為很快就能永久安眠的緣故，他已經很久沒有熟睡過了。他很清楚，自己的生命已經走到了盡頭，再怎樣的掙扎都脫離不了那個結果。只是，從希望到失望，陛下的心裡一定非常痛苦。明明一直想要避免這一點的，現在卻依舊讓她品嘗到了。

他的心中滿是愧疚，卻什麼都做不到。

無能為力的感覺是那樣沉重。

幾乎是同時，他開始懷疑起自己的忠誠，明知道那個被自己看著長大的孩子已經站到了陛下的對立面，他卻依舊無法果斷的下決斷。

這也算是嚴重的背叛吧？

所以他遭受了這樣的懲罰。

「陛下，對不起……」

艾斯特喃喃低語，與此同時，他聽到了屋中傳來的一些輕響，那個方向是……

他下意識頓住呼吸，更加仔細的傾聽，隨即確認，沒錯，是儲藏室。

這個時候去那裡的……

莫非？

他的眼眸驀然瞪大，但急速衰退的生命力已無法支撐他從床上坐起，明明想要去確認的念頭是那樣急切，身體卻又是那樣的無力。

——陛下……陛下……是您在那裡嗎？

——您究竟是……

艾斯特沒有猜錯，在這麼晚的時間去儲藏室的人的確是莫忘。

相繼以不同理由將格瑞斯和賽恩調出去後，她所剩餘的時間其實並不算多，必須爭分奪秒才可以。

莫忘按下儲藏室的燈光開關，注視著地上已經有些消退的魔法陣，隨即拿出了一張紙。這是從尼茲所給的書中抄下來的，她手拿著粉筆，對照著紙張，認真的將地上的魔法陣勾畫完整。

因為已經私下提前練習過的緣故，這件事她做得很順暢。

緊接著，就是咒文。

魔族的文字她並不明白，所以選擇的是最笨的方法，記下它們的讀音。

莫忘深吸了一口氣後，對著重新補充完整的魔法陣，開始唸起紙上的咒文。

那玄妙聲音響起時，她幾乎有點不敢相信那是她的聲音。果然，不同文字帶給人的感覺也是千差萬別。而心中，也不自覺的想起她和白鼠尼茲的對話——

牠問她：「妳真的決定要這麼做嗎？」

「是的。」

「可是，我並沒有幫妳的必要吧？」

「但是，我是魔王，消滅我是你的義務沒錯吧？如果我真的出了什麼事，你豈不是能省很多事？」

牠語氣淡定的說道：「說的也是。但是，這麼急著去尋死的魔王，我真還是第一次見到。」

「哈哈哈……」

如果可以的話，她也不想選擇這麼危險的方法。

這也是所有人都不贊同的方法，是艾斯特寧願離開也要放棄的方法。

但是，她真的已經沒有其他辦法了。

這麼做，她未必會出事，但如果不這麼做，艾斯特一定會死。

選擇其實很明顯，不是嗎？

「以魔王之名，我忠誠的奴僕，奉此令現身於此世。」

──出現吧！

──唯一可以救人的希望。

──拜託了，出現在這裡！

事實果然沒有讓莫忘失望，在一陣狂猛的颶風過後，一個身形再次出現在了魔法陣的中心，雖然已經無數次看過這情景，但直到此刻，她依舊堅定的認為──這是奇蹟。

「陛下！」

就在此時，門被狠狠的撞開了。

莫忘下意識回過頭，只見艾斯特直接摔倒在了地上，他堪稱狼狽的趴在地上，驚愕的注視著女孩和仍然在散發著光芒的法陣，「您……您居然……」

「尊敬的魔王陛下，您忠誠的奴僕謹遵召喚而來。」

單膝跪在法陣中的男人輕聲說著，聲音好似泉水叮咚，充滿了輕柔的韻律感。

「瑪爾德……真的是你。」

有著淺青色長髮的青年束好的柔順髮絲自左肩垂落至腰間，他抬起頭，近乎驚愕的注視著趴倒在地的同伴，「艾斯特？你怎麼……詛咒？」

「沒錯。」莫忘連連點頭，「你有辦法嗎？」

「魔王陛下，請原諒我之前的失禮。」意識到自己之前還沒有得到陛下「認可」的瑪爾德連忙致以歉意。

「不，沒關係的。」莫忘連連擺手，順帶拿起一旁準備好的白色床單披到了瑪爾德的身上，「艾斯特的事情比較重要。」

「陛下，您真是太冒失了。」

心情很好的魔王陛下顯然不在意這點指責，「哈哈哈，等你好了之後，想怎麼嘮叨都可以，你現在先乖乖聽話治療啦！」

「……」

瑪爾德緊了緊身上的白色床單，靈巧的雙手不知怎麼的一翻轉，床單就變成了類似於祭司服的造型，緊接著他走到艾斯特的身前，將他扶了起來。

微笑的注視著眼前的情景，莫忘默默的舒了口氣，明明做了最壞的準備，甚至為此調開了那兩人，沒想到居然能得到最好的結果，這就是所謂的「好人有好報」嗎？為了儘快湊足召喚第四人的魔力，她這段時間可辛苦了。

——咦？怎麼突然覺得腳踝有點涼……

——襪子落下去了嗎？

如此想著的莫忘正準備低下頭，突然聽到門口處的青年大喊一聲：「陛下！」

「啊？」她下意識歪了歪頭，突然覺得身體一沉，整個人居然落了下去……

——落？

莫忘終於朝下看去，而後驚愕的發現，原本已快沉息下去的魔法陣不知何時竟然綻放出了暗黑的光芒，而幾十隻漆黑的手掌從其中冒出，緊緊纏繞住她的腿部！

「這……」

來不及再說些什麼，她就這樣被扯了下去。

「陛下！！！」

恍惚間，莫忘似乎看到對方朝她伸出了手，然而……

到底還是沒有抓到。

失之交臂說的大概就是這麼回事。

只是……她真的會死嗎？

──好可惜，還沒來得及寫遺囑。

最後的最後，莫忘遺憾的如此想到。

《拯救世界吧！少女魔王！04魔王陛下就是要去約會！》完

敬請期待更精采的《拯救世界吧！少女魔王！05》

novel
悅大白
illust
jond-D
喪屍愛軟妹
ZOMBIE AND HIS LOVELY FOOD. NO.0
末世喪屍橫行,BUT!
談個戀愛還是可以der!
軟到一定境界的軟妹紙+一隻任性強勢天然黑的喪屍
LOVE LOVE 90/100
臉紅心跳 99/100
偽忠犬與傻・軟妹子→嗯，就這麼愉快的決定了，一邊打怪一邊開啟同居生活!!!
軟
萌
典藏閣
華文聯合出版平台
www.book4u.com.tw
采舍國際
www.silkbook.com
不思議工作室
立即搜尋
版權所有© Copyright 20

飛小說系列 148

拯救世界吧！少女魔王！04

魔王陛下就是要去約會！

出版者■典藏閣
作　者■三千琉璃　　繪　者■重花
總編輯■歐綾纖

製作團隊■不思議工作室

郵撥帳號■5001720 6 采舍國際有限公司（郵撥購買，請另付一成郵資）
台灣出版中心■新北市中和區中山路 2 段 366 巷 10 號 10 樓
電　話■(02)2248-7896　　傳　真■(02)2248-7758
物流中心■新北市中和區中山路 2 段 366 巷 10 號 3 樓
電　話■(02)8245-8786　　傳　真■(02)8245-8718
ISBN■978-986-271-697-7
出版日期■2016 年 6 月

全球華文國際市場總代理／采舍國際
地　址■新北市中和區中山路 2 段 366 巷 10 號 3 樓
電　話■(02)8245-8786　　傳　真■(02)8245-8718

新絲路網路書店
地　址■新北市中和區中山路 2 段 366 巷 10 號 10 樓
網　址■www.silkbook.com
電　話■(02)8245-9896
傳　真■(02)8245-8819

線上總代理：全球華文聯合出版平台
主題討論區：http://www.silkbook.com/bookclub　◎新絲路讀書會
紙本書平台：http://www.silkbook.com　◎新絲路網路書店
瀏覽電子書：http://www.book4u.com.tw　◎華文電子書中心
電子書下載：http://www.book4u.com.tw　◎電子書中心（Acrobat Reader）

☞您在什麼地方購買本書？☜

1. 便利商店（______市／縣）：☐7-11 ☐全家 ☐萊爾富 ☐其他______

2. 網路書店：☐新絲路 ☐博客來 ☐金石堂 ☐其他______

3. 書店（______市／縣）：☐金石堂 ☐蛙蛙書店 ☐安利美特animate ☐其他______

姓名：______地址：______

聯絡電話：______電子郵箱：______

您的性別：☐男 ☐女　　您的生日：______年______月______日

（請務必填妥基本資料，以利贈品寄送）

您的職業：☐上班族 ☐學生 ☐服務業 ☐軍警公教 ☐資訊業 ☐娛樂相關產業 ☐自由業 ☐其他______

您的學歷：☐高中（含高中以下） ☐專科、大學 ☐研究所以上

☞購買前☜

您從何處得知本書：☐逛書店 ☐網路廣告（網站：______） ☐親友介紹
（可複選） ☐出版書訊 ☐銷售人員推薦 ☐其他______

本書吸引您的原因：☐書名很好 ☐封面精美 ☐書腰文字 ☐封底文字 ☐欣賞作家
（可複選） ☐喜歡畫家 ☐價格合理 ☐題材有趣 ☐廣告印象深刻 ☐其他______

☞購買後☜

您滿意的部份：☐書名 ☐封面 ☐故事內容 ☐版面編排 ☐價格 ☐贈品
（可複選） ☐其他

不滿意的部份：☐書名 ☐封面 ☐故事內容 ☐版面編排 ☐價格 ☐贈品
（可複選） ☐其他

您對本書以及典藏閣的建議______

______

______

✌未來您是否願意收到相關書訊？☐是 ☐否

✎感謝您寶貴的意見✎

印刷品

$3,5
請貼
3.5元
郵票
不思議信箋
FUSIGI POST

235 新北市中和區中山路二段366巷10號10樓

華文網出版集團　收

（典藏閣－不思議工作室）

拯救世界吧！少女魔王！04

魔王陛下就是要去約會！